徳 間 文 庫

臨時特急「京都号」殺人事件

西 村 京 太 郎

徳 間 書 店

目次

第一章　天敵

1

警視庁捜査一課の十津川《とつがわ》警部は、急に、課長室に呼ばれた。

（今は、これといった事件は、起きていないはずだが）

と、首をひねりながら、十津川は、課長室をノックした。

本多《ほんだ》捜査一課長は、「まあ、楽にしてくれよ」と、十津川に、椅子《いす》をすすめてから、

「君のところに配属された北原《きたはら》刑事だがね。男嫌いの女刑事という評判だが、実際は、どうなんだ？」

と、きいた。

十津川は、三カ月前に、配属された北原早苗《さなえ》の理知的な顔を思い出した。

色白で、彫《ほ》りの深い美人なので、若い刑事たちは、色めきたったものだった。

　十津川は、彼らが、仕事が手につかなくなるのではないかと心配したのだが、そんな心配は、杞憂《きゆう》だった。

　頭が切れ、仕事熱心だが、プライベートな男女間のことには、全《まった》く、興味を示さなかったからである。

　若い日下《くさか》刑事は、刑事にしては、甘いマスクをしていて、女性にもてる。その日下が、彼女を、食事に誘ったがぴしゃりと断わられたという噂《うわさ》を、十津川は、聞いていた。

　ベテランの亀井《かめい》刑事も、

「事件の最中に、リラックスさせようとして、軽い冗談をいったら、あの大きな眼で、じろりと睨《にら》まれましたよ。まあ、ちょっと、下半身についての冗談だったんですが。どうもああいう女性は、苦手《にがて》ですな」

と、こぼしたことがある。

　十津川は、そんなことを思い出しながら、本多に向かって、

「男嫌いかどうかは、わかりませんが彼女と仕事をするときは、女であることを忘れたほうがいいと、うちの連中はいっています。

とにかく、頭が切れるから、甘く見ると、手ひどくやられるんです。ところが、美人なので、どうしても、女を意識して、甘くなってしまう。やられたって、仕方がな

いとも、いっていますね」

「それなら、合格だ」

本多は、満足そうに、微笑した。

十津川は、わけがわからなくて、

「どういうことですか？」

「ワールド時計という会社は、知っているね？」

「大手メーカーですから、もちろん、知っています」

「この会社が、ペアの腕時計を大々的に、売り出すことになった。幸福の時計というキャッチフレーズでね。その宣伝の一つとして、八十組のカップルに、記念品のペア・ウォッチをプレゼントし、合わせて、豪華列車で、京都まで行き、二泊旅行を楽しんでもらおうということになった」

「なるほど」

と、十津川は肯《うなず》いたが、そのことと、北原早苗の男嫌いが、どう関係してくるのか、まだ、見当がつかなかった。

「国鉄に、最近、豪華な展望車《パノラマカー》と、コンパートメント車両で編成された七両の臨時列車ができた。名称は、サロンエクスプレス東京となっている」

「一度、東京駅で、見たことがあります。今までの国鉄の列車とは違った洒落《しゃれ》た車両でした」

「そうらしいね」

と、本多は、肯いてから、

「ワールド時計では、そのサロンエクスプレスを借り切って、八十組のカップルを、京都に、旅行させることにしている。この列車は、今のところ、団体専用で、申込みも、電機メーカーが得意先の招待に借りたりしているらしい。伊豆《いず》へ行ったときは、サロンエクスプレス『踊り子号』という名称をつけたということだ」

「すると、今度のは、サロンエクスプレス『京都号』ですか？」

「そうらしい。ところで、ワールド時計というのは、同族会社でね。会社の上層部は、楠木《くすのき》社長の一族でかためている。社長の一人娘のかおりが、二十七歳で、宣伝部長をやっている」

「二十七歳で、部長ですか」

「今度の企画も、彼女の考えたものだそうだ」

「なるほど」

「これが、楠木かおりだ」

本多は、一枚の写真を、十津川に見せた。

濃いめのサングラスをかけた背の高い女が、写っている。

背景は、ギリシャあたりだろうか。

「美人ですね」

と、十津川は、いった。

「企画者ということで、彼女も、この列車に乗ることになっている」

「結婚しているんでしょうか？　彼女は？」

「いや。まだ、独身だ。社長の一人娘で、二十七歳で部長では、なかなか、適当な相手が見つからないんだろう」

「すると、ひとりで乗るわけですか？」

「彼女の下で、課長をやっている三十歳の社員が同行する。それはいいんだが、実は、昨日、社長宅に、こんな手紙が届いたんだよ」

本多が見せてくれた手紙は、白い封筒に入ったもので、一枚の紙に、次のように、タイプされていた。

〈家族の者が殺されたくなかったら、一億円用意しろ。

オーケーの場合は、三日以内に、ワールド時計本社の屋上に、日の丸の旗を揚《あ》げろ。

これは脅《おど》しではない。出さない場合は、間違いなく、家族を殺す〉

2

ワープロで、タイプしたものだった。

白い封筒には、差出人の名前はない。

「社長の楠木さんは、どういっているんですか」

「こんな脅迫に屈していたら、仕事はできないといっているんだが、社長が誘拐される時代だからね。それに、明日、一人娘のかおりさんが、サロンエクスプレスで、京都へ行く。誘拐されるんじゃないかと心配して、列車に乗るなといったらしいんだが、彼女は、気が強くて、乗るといって、きかないらしい」

「なるほど」

「それで、彼女をガードしてくれと、うちの部長に、相談に来たんだ。三上《みかみ》刑事部長とは、前からの知り合いということでね」

「部長は、何と答えたんですか？」

「脅迫状も来ているので、刑事を、列車に乗せると、答えたんだ。しかし、招待した八十組のカップルに、刑事が乗っているとわかったんでは、宣伝効果がなくなってしまう。下手《へた》をするとマイナスイメージを持たれかねない。そこで、刑事も、カップルで、乗ってほしいと、向こうはいったらしい」

「それで、北原刑事ですか」

と、十津川は、肯いてから、

「男のほうは、誰に決まったんですか？」

「三沢《みさわ》刑事だ。これは、部長の指名なんだよ」

本多は、苦笑している。

三沢は、三上刑事部長の遠縁に当たる捜査一課の刑事である。

年齢三十歳。二度結婚して、二度離婚していた。

堅物《かたぶつ》で、どちらかというと、融通《ゆうずう》のきかない三上部長とは、正反対で、女好きである。

背も高くないし、ハンサムでもないのだが、なぜか女性にもてる。とにかく、女性に対しては、まめな男だった。

それが、事件解決に役立ったこともあるが、逆に、事件を、もつれさせたこともある。

独身だから、女に手が早いからといって、それが、スキャンダルにならないかぎり、馘《くび》にはできない。

「男が、三沢刑事だとなると、彼と組ませる婦人警官の人選が難《むずか》しくてね。二泊旅行で、仲のいいカップルの恰好《かっこう》をしていなければいけないんだ。帰って来たら、妙な関係になっていたというんでも困る。それで、プレイボーイの三沢刑事には、男嫌いの婦人警官が、いいんじゃないかと思ってね」

と、本多が、いった。

「つまり、天敵というわけですか」

「天敵？」

「何となく、そんな言葉が、頭に浮かんだものですから」

「天敵か。そいつはいい」

と、本多は、笑った。

本多は、明日の午前九時四四分に東京駅を発車するサロンエクスプレス「京都号」の時刻表と、ワールド時計が、記念品として八十組のペアにプレゼントするペア・ウォッチを、見せてくれた。

ワールド時計が発売に熱を入れているだけに、なかなか洒落たデザインの腕時計だった。

「これと同じものが、明日、東京駅で全部のカップルに、プレゼントされるそうだ。北原君には、君から、くわしく、説明してやってくれ」

と、本多がいった。

3

部屋に戻ると、十津川は、北原早苗を、喫茶室へ連れて行き、明日の仕事のことを、話した。

わざわざ、喫茶室にしたのは、三沢刑事のことを、一言《ひとこと》、注意しておこうと思ったからである。ただし、相手が北原早苗では、注意の仕方が難しい。

「君とカップルを組むのは、三沢刑事だ。彼と話をしたことはあるかね？」

と、十津川は、コーヒーを、すすめてから、きいてみた。

「二、三度、あります」

と、早苗は、いう。

「どんな話をしたんだね？」

「一度は、君の眼は、魅力的だといわれました」

早苗は、他人事《ひとごと》みたいな調子でいった。

「それで、君は、何と返事をしたんだ？」

「そうですか、といいました」

「そうですか——ねえ」

十津川は、思わず、笑ってしまった。さぞ、三沢は、拍子抜《ひょうしぬ》けしたことだろう。

「他《ほか》の時は、どんなことを、話したんだね？」

「一度、非番の時に、映画を見に行かないかと誘われました。三沢さんの手帳には、どこの映画館で、何をやっているか、全部書いてありました」

「それを見て、どう思ったね？」

「つまらないことに、熱心な人だと思いました」

「オーケーしたの？」

「見たい映画は、ひとりで見に行くことにしていますと、いいました」

「三沢君は、何といったね？」

「君は変わっているといいました」

早苗は、初めて、クスッと笑った。

「三沢君の噂は、聞いているね？」

「どんな噂でしょうか？」

「まあ、女性に手が早いとか、プレイボーイとかいう噂なんだが」

「はい」

「それについて、どう思うね？」

「別に、悪いことじゃないと思います。それに、三沢さんみたいな男性に、興味を持つ女性もいると思います。でも、私は、全く興味がありません」

「ふーん」

と、十津川は、小さく唸《うな》って、改めて、眼の前の北原早苗の顔を見た。

色白で、眼が大きく、鼻が高いので、どことなく、ハーフのような感じを与える。

「君は、いくつだったかね？　女性に年齢をきくのは、失礼だが」

「構《かま》いません。二十六歳になります」

「それなら、結婚を考えてもおかしくない年齢だが、結婚については、どう思っているのかな？」

「今は、関心がありません」

「独身主義というわけでもないんだろう？」

「いつか、結婚すると思いますけど、その時には、男性から選ばれるというのは、嫌《いや》なんです。私が、相手を選びたいんです。生意気《なまいき》でしょうか？」

「いや、そんなことはないよ」

「仕事のことですが、何時に、東京駅に行けば、いいんですか？」

早苗は、まっすぐに、十津川を見て、きいた。

「午前九時に、八重洲《やえす》口の銀《ぎん》の鈴《すず》の下ということになっている。君たちが、刑事とわかっては困ると、向こうはいってるんでね。表面上は、仲のいいカップルに見せてもらいたいんだ。そして、帰京するまで、楠木かおりから眼を離さないでほしい。まさか、列車の中から誘拐されることはないと思うが、脅迫状が来ていることでもあるから、注意が必要だ。三沢君と、うまくやれるかね？」

十津川が、きくと、早苗は、ニッコリ笑って、

「大丈夫です。ああいうタイプの男性には、全く、興味がないんです。だから、かえって、うまくやれると思います」

「それなら、大丈夫だろう」

と、十津川は、いった。

次に、十津川は、三沢刑事を、呼んだ。

いつ見ても、この男が、どうして女性にもてるのかわからない。

女性に対する優《やさ》しさだろうか？

「北原君が、君と組むことになったよ。二人で京都旅行を楽しんで来たまえ」

と、十津川は、いった。

「彼女ですか――」

「嫌かね？」

「そんなことはありませんが、仲のいいカップルに見えないと困るわけでしょう。彼女に、そういう芝居ができますかね？」

「その点は、大丈夫だよ。今、きいたら、君となら、上手《うま》くやれると、いっていたからね」

関心のない相手だからという言葉はもちろん、十津川は、いわなかった。

三沢は、ちょっと、首をかしげて、

「彼女が、本当に、そういったんですか？」

「ああ、自信があるらしいよ」

「それなら、いいんですが」

三沢は、まだ、半信半疑の表情でいる。

「彼女にも、いったんだが、脅迫状も来ているから、充分、注意してほしい」

「わかりました」

と、三沢は、肯いてから、

「楠木かおりは、われわれが乗ることは、知っているんですか？　刑事だということを」

「いや、知らないはずだ。頼みに来たのは、父親の楠木さんで、娘には、知られずに、ガードしてほしいと、部長にいったそうだ」

「しかし、応募の八十組以外に、僕と北原君が行ったら、不審《ふしん》に思うんじゃありませんか？」

「それで、社長の友人の頼みで、特別に、一組追加したことにするそうだ。楠木かおりにきかれたら、そのつもりで、応対してほしい」

「わかりました。警部は、脅迫状を、どう思っていらっしゃるんですか？　いたずらか、それとも、本気か」

「本気と思って、行動したらいい。ところで、君は、もう結婚はしないのかね？」

「そうですね。まあ、しばらくは、独身の自由を楽しみたいと思っています」

と、三沢は、笑ってから、

「北原君は、結婚について、どう思っているんですかね？」

「本人にきいてみたまえ」

「じゃあ、京都へ行く列車の中ででもきいてみることにします」

4

翌、七月二十五日。

梅雨《つゆ》は、とうに明けていて、朝から強い夏の太陽が、照りつけている。

三沢は、イヴ・サンローラン・デザインの背広に身を包んで、東京駅に着いた。

車で送ってくれたのは、最近、つき合うようになった安田由加利《やすだゆかり》という二十五歳のデザイナーである。

　由加利は、車から降りて、東京駅の構内まで、三沢を、送って来ながら、

「まだ、決心がつかないの？」

「何の決心だい？」

「刑事なんかやめて、私と結婚しなさいと、いったじゃないの。私と一緒になれば、一生、楽に暮らせるわよ」

「君のおやじさんは、大会社の社長だからな」

「大会社の経営者になるより、刑事のほうがいいなんて、信じられないわ。第一、あなたは刑事には、向かないわよ」

「それは、僕を、ほめてくれてるのかな？」

「もちろん、ほめているのよ。殺伐《さつばつ》な事件を追いかけてるより、あなたは、大きな社長室におさまっているほうが、似合ってるって、いってるんだから」

「退屈するんじゃないかな。机に向かってるなんて、僕の柄《がら》じゃないね」

「社長の仕事は、そんなものじゃないわよ。私のパパは、日本中どころか、世界中を、駈《か》け廻《まわ》ってるわ」

「その話は、京都から帰ったらにしてくれないか」

　三沢は、肩をすくめた。

「私も、京都へ行くわ。新幹線で、先に行ってるわよ」

「僕は、仕事で行くんだ」

三沢がいうと、由加利は、急に、眼を走らせて、

「若い女と一緒の仕事？」

「何のことだい？」

「あそこにいる女が、私たちを睨んでるわよ」

と、由加利が、あごをしゃくるようにした。

三沢が、そちらに、視線をやると、銀の鈴の下に北原早苗がいて、こっちを睨んでいた。

「彼女も、婦人警官さ。仕事で、仕方なく、組むだけだ」

「仕方なしにしては、若くて、美人の婦警さんね」

由加利は、眉《まゆ》をひそめた。

三沢は、ニヤッと笑って、

「君が、嫉《や》いてくれるとは嬉《うれ》しいね」

「嫉妬を感じたのは、今日が、初めてよ。今まで、男の人に、やきもちを焼かれたことはあったけど、逆になったのは、生まれて、初めてだわ」

「彼女は、男嫌いで、有名なんだ」

「じゃあ、レズなの?」

「そうじゃないみたいだ」

「それなら、男嫌いなんて嘘《うそ》よ。それを看板にして、男の注意を引きつけようとしてるんだわ。今度の京都行で、引っかからないでね」

由加利は、それだけいうと、三沢から、離れて行った。

三沢は、やれやれという顔で、早苗に近づくと、

「やあ、お早よう」

と、声をかけた。

「早くは、ありませんわ」

早苗は、ニコリともしないで、いった。

「僕が女と一緒だったんで、怒ってるのか？」

「いいえ。きちんと、仕事をやって頂《いただ》きたいだけです。他の乗客は、もう、ホームに行ってしまっています。すぐ、これを、胸につけてください」

早苗は、「京都号」と書かれた円《まる》のバッジを、三沢に渡した。

「何だい？　これは」

「記念バッジです。これをつけていないと、改札口を通れません」

「わかったよ。まるで、小学生の遠足だな」

三沢は、文句をいいながら、バッジを、背広の胸につけた。

二人は、改札口を通り、8番線ホームに、上がって行った。

「僕を送って来た女について、一言釈明しておきたいんだが――」

と、三沢は、階段を上がりながら、早苗に、話しかけた。

「別に、釈明の必要は、ありません」

早苗は、そっけない口調で、いった。

「君が、彼女のことを、知りたいだろうと思ってね」

「いいえ」

「そうかね。普通、女は、気にして、きくものだがね」

「私が、きいたほうがいいんですか？」

相変わらず、ニコリともしないできく。

三沢は、「参ったね」と、手を広げた。

「君と話していると、どうも拍子抜けするねぇ」

「拍子抜けしても結構ですから、仕事のほうは、しっかりやってくださらないと困ります」

「オーケイ。わかったよ」

と、三沢は、いった。

5

8番線には、すでに、サロンエクスプレス「京都号」が、入っていた。

七両編成で、前後に、展望車がついている。

展望車は、大きな窓ガラスが、ゆるい傾斜をつけて作られていて、いかにも、視界が広そうである。

子供たちも、珍しいのだろう。ホームには、カメラを持った少年たちが、走り廻っていた。

ホームにいた三十歳くらいの男が、三沢たちに向かって、

「早く乗ってください」

「君は？」

と、三沢が、きいた。

「ワールド時計の企画課長です。今日、皆さんと一緒に、京都まで行きます」

と、男は、いい、肩書きつきの名刺を、二人にくれた。

企画課長、大場《おおば》忠郎《ただお》と、印刷してあった。

「部長の楠木かおりさんは？」

と、早苗が、きいた。

「もう、乗っていらっしゃいます」

「わかった。僕たちも、乗ろうじゃないか」

三沢は、早苗をうながして、最後尾の展望車に、乗り込んだ。

すぐ、発車のベルが鳴り、サロンエクスプレス「京都号」は、ゆっくりと、ホームを離れた。

午前九時四四分である。

こんな半端《はんぱ》な時刻に出発したのは、この「京都号」が、臨時で、いつもの列車時刻表をこわさずに、運行するためだろう。

三沢と早苗は、ひとまず、最後尾の展望車の空《あ》いている座席に腰を下ろした。

この7号車には、十四の椅子と、二つのソファが、設けられ、他に、カウンター一つきのラウンジがあって、軽食やコーヒー、カクテルなどのサービスが、できるようになっていた。

椅子は、回転できるようになっている。

側面の窓は、普通の列車の窓と違わないが、正面の窓ガラスは、三十度の傾斜がついた、長さ二メートルぐらいの三枚構成で、展望は素晴らしい。

この7号車には、コンパートメントは、ない。

明るいユニフォーム姿の五人のコンパニオンが、サービスに当たっている。

三沢と、早苗のところに、コンパニオンの一人が、近づいて来て、ワールド時計から、参加者に贈られるペアの腕時計と、この「京都号」の時刻表を渡した。

「この時計は、あとで、返さなければいけないんだろうね？」

三沢が、小声で、早苗に、きいた。

「私たちは、ニセのカップルですし、仕事で乗っているんですから、当然、返却すべきですわ」

と、早苗は、いった。

「君と、意見が一致して、嬉しいよ」

三沢は、軽い皮肉を籠《こ》めていったが、早苗は、さっさと、立ち上がると、

「ちょっと、他の車両の様子を見て来ます」

と、いい残して、6号車の方へ、歩いて行ってしまった。

三沢は、やれやれという顔で、渡された時刻表に、眼をやった。

終着京都の到着時刻は、一七時二九分になっていた。

京都まで、七時間四十五分の旅である。

新幹線に乗りなれた眼から見ると、ずいぶんゆっくりした旅だが、昔の特急「つばめ」なみの早さなのである。

途中、熱海《あたみ》、名古屋《なごや》など、十三の駅で停車することになっているが、団体列車なので、停車しても、ドアは開かないと書いてあった。

しかし、それに、但《ただ》し書きがあって、それには、次のように、書いてあった。

〈前もって、駅弁を買いたい駅を申し出ておいてくだされば、その駅では、ドアを開け、便宜《べんぎ》を計らいます〉

八分ほど走って、品川《しながわ》駅に停車した。

ドアは開かない。

一分停車で、「京都号」は、発車する。

続いて、横浜《よこはま》に、停車。ここでも、ホームには、どう調べたのか、子供たちが、カメラを持って待ち構えていて、やたらに、シャッターを押す。

特に、パノラマカーは、人気があるとみえて、子供たちは、窓から、こちらを、のぞき込んでいる。

それが、うるさくなって、さっさと、2号車から、6号車までのコンパートメントへ引き揚げてしまうカップルもいた。

三沢は、カウンターに腰を下ろし、コーヒーを頼んだ。本当は、ビールか、カクテルを頼みたいのだが、仕事中では、そうもいかないだろう。

三沢が、コーヒーを飲んでいると、隣りに、大柄な女性が、腰を下ろし、

「楽しんで頂いています？」

と、声をかけてきた。

主催者の楠木かおりだった。

「ええ。素敵な旅行を楽しませてもらっていますよ」

と、三沢は、微笑した。

「お連れの方は？」

「落ち着かない女で、他の車両を全部、見て廻って来るんだといって。困った奴です」

「そんなこと、おっしゃるものじゃありませんわ」

と、楠木かおりは、笑った。

「彼女が戻って来るまで、話相手になってくれませんか？」

「私で、よろしいの？」

と、かおりが、きき返した。

言葉は、謙虚だが、自分の美しさや、魅力に、自信満々なところが、みえていた。

よくあるタイプだと、三沢は、思いながら、

「もちろん、あなたみたいな美しい人に話相手になって頂ければ、こんな嬉しいことはありませんよ」

「私にも、コーヒーを頼むわ」

と、かおりは、カウンターの中のバーテンにいった。

彼女の指先には、三カラットぐらいの大きさのダイヤが、輝いていた。

(この指輪を奪うためだけでも、彼女を殺す人間がいるかもしれないな)

と、三沢は、コーヒーを飲みながら、思った。

この程度の大きさと、輝きがあれば、二千万くらいは、するだろう。

かおりは、ブラックで、コーヒーを飲んだ。

「お名前を教えて頂けるかしら?」

「三沢です」

「三沢さん?　ひょっとすると、特別に参加して頂いた方かしら?」

「そうです」

「何をしていらっしゃるの?」

「一種のセールスマンですよ」

「何を売って、いらっしゃるのかしら?」

「安全です」

「素敵なものを売っていらっしゃるのね」

かおりが微笑した時、車内アナウンスが聞こえた。

――駅弁を買いたいという要望が多いので、沼津《ぬまづ》と、浜松《はままつ》で停車した際、ホーム側のドアを開きます。ホームに降りて、駅弁を買って頂いて結構ですが、どちらも、二分間停車ですから、乗りおくれないように、ご注意願います。

沼津着は、一一時五五分。浜松着は、一三時五一分です。

沼津の駅弁は、味ごよみ千円、わさびめし七百円、中華風弁当五百円、鯖《さば》ずし五百円、鯛めし四百円です。

浜松の駅弁は、豪華弁当八百円、うなぎめし八百円、浜の釜めし六百円、赤飯弁当六百円、山女魚《やまめ》ずし六百円です。

「あなたは、もちろん恋人は、いらっしゃるんでしょう？　美しい方ですから」

サロンエクスプレス「京都号」時刻表

東　京	9：44発
↓	
品　川	9：52着
↓	
横　浜	10：11着
↓	
国府津	10：59着
↓	
小田原	11：12着
↓	
熱　海	11：37着
↓	
沼　津	11：55着
↓	（駅弁購入のためドアが開く）
富　士	12：13着
↓	
静　岡	12：46着
↓	
浜　松	13：51着
↓	（駅弁購入のためドアが開く）
豊　橋	14：22着
↓	
名古屋	15：18着
↓	
岐　阜	15：46着
↓	
米　原	16：30着
↓	
京　都	17：20着

と、三沢は、いった。

「さあ、どうでしょうか」

かおりが、小さく笑った。

自信満々の顔をしているから、当然、いるのだろう。

「口説《くど》いてみたくなりますね」

「え？」

「あなたのような、ちょっと高嶺《たかね》の花の美人を見ると、何とか口説いてみたくなるんですよ」

「でも、恋人が、この列車に乗っていらっしゃるんでしょう？」

「そうですが、どうにも、気の強い女で、参っているんです」

「信じられないわ」

「あなたのように、物静かで、教養があって、美しい彼女だったら、この旅行も、楽しいんですがねえ」

「ふふ」

と、かおりが笑った。

「ワールド時計のような大会社の一人娘というのは、どんな気分のものですか？」

三沢は、煙草に火をつけてから、きいた。

「別に、普通の娘さんと、変わってはいないと思いますけど」

「しかし、願いごと、何でも、かなうんじゃないかな。スポーツカーが欲しければ、すぐ手に入るだろうし、別荘でも、海外旅行でも、思いのままじゃないかと思うんだけど」

「今は、普通のOLだって、車を持っているし、海外旅行にも、よく行きますよ」

「しかし、内容が違うと思いますね。今は、それが大事な時代ですよ。百万円の車を持っているのと、一千万円の車を持つのとでは、全く違ってくるし、海外旅行でも同じだと思うな。一週間で、あわただしく行ってくるのと、何カ月もかけて、悠々《ゆうゆう》と、旅行して来られる人間とでは、人種が違うんです。住む世界が違うといってもいいかな」

「ずいぶん、大げさないい方ね」

と、かおりは、笑ったが、三沢との会話を楽しんでいるようだった。

「これが、資本主義社会の冷厳な現実ですよ」

「え？」

「一般の人たちにとって、あなたは、羨《うらや》ましい存在だし、同時に、憎まれている存在でもある。それを感じることは、ありませんか？　こんな話は嫌ですか？」

6

「別に嫌じゃありませんわ」

かおりは、まっすぐに、三沢を見つめて、いった。

(この娘は、誰に対しても、きっと、臆《おく》することなく、まっすぐ、相手を見つめて話すのだろう)

三沢は、そんなことを、考えていた。育ちの良さだ、という人もいるだろうし、傲《ごう》慢《まん》だと、思う人もいるだろう。

(だが、そこが魅力的だな)

と、三沢は、思った。

ただ単に、高慢な女を、征服しても、別に面白《おもしろ》くはない。高慢であると同時に、上品な女でなければ、面白くはない。

「誰かに、憎まれたことがありますか？」

と、三沢は、きいた。

「ええ、何回かね」

「それは、相手は男ですか？　それとも女？」

「どちらも」

「あなたの何を憎んだんだろうか？　あなたの美しさかな？　それとも、あなたの財産かな？」

「さあ、私には、わからないわ」

「あなたを見ていると、無性《むしょう》に、挑戦《チャレンジ》したくなってくる。男としてね」

「チャレンジって？」

かおりは、首をかしげて、三沢を見た。

三沢が、何をいいたいのか、わかっているのに、わざと、きいている感じだった。

「男が、若くて、美しく、魅力のある女性に、チャレンジするといえば、決まっているじゃありませんか」

と、三沢が笑ったとき、かおりは、ちらりと、2号車の方に眼をやって、

「あ、お連れの方が、いらっしゃったわ」

と、いった。

早苗は、1号車に入って来ると、例の生真面目《きまじめ》さで、

「ちょっと、来てください」

と、三沢に、いった。

三沢は、カウンターの傍《そば》を離れて、早苗の傍に行くと、小声で、

「刑事としての仕事をしてください」

「何だい？」

早苗も、小声で、いった。

大きな眼が、三沢を、睨んでいる。

「仕事は、やってるよ」

「彼女と、お喋《しゃべ》りをするのが、仕事なんですか？」

「やきもちかい？」

「そういうつまらない考えは、やめてください」

「怖いねぇ」

「今は、仕事第一です。一緒に、コンパートメントを調べてください」

「サロンエクスプレスのことを書いた雑誌を読んだから、だいたいのことは、わかってるよ」

「でも、実際に、手で触《さわ》ってみることが、必要です。万一、事件が起きた時に」

「そうかねぇ」

「例えば、この列車の窓が、開くかどうかわかりますか？」

早苗は、相変わらず、生真面目な顔できいた。

（まるで、試験問題をやらされているみたいだな）

と、三沢は、苦笑しながら、

「最近の列車は、エア・コンディショニングが完璧《かんぺき》だから、窓は開かないようになっているると思うね」

「2号車から6号車までの真ん中の五両は、コンパートメントカーで、窓は開きませ
ん」

「やっぱりね」

「でも、先頭と、最後尾のパノラマカーには、開く窓があります」

早苗は、最後尾のパノラマラウンジカーの窓に、三沢を引っ張って行った。

「見てください。窓の右下のところに、つまみがあるでしょう。このつまみを、引っ張って廻《まわ》すと、窓ガラスが、ロックされたり、解除されたりするんです」

早苗は、そのとおりに、円形のつまみを、廻し、窓ガラスを開けて見せた。

室内に、外の空気が、吹き込んできた。

「なるほどね。もう閉めていい。わかったよ」

と、三沢が、いうと、早苗は、首を振って、

「そんなに簡単に、わかったといわないでください。こうして、最大限に押し開いたときの隙間《すきま》の大きさに、注意してください」

「かなり、大きく、開くものだね」

「普通の大人が、何とか、すり抜けられる大きさだと思いませんか？」

「ちょっと待ってくれよ。君は、この窓から、乗客が、抜け出すと、思っているのかね？」

「私たちの仕事は、楠木かおりの身辺警護です」

「そんなことは、君にいわれなくても、わかってるよ」

「私は、彼女が、犯人によって、この列車から連れ出されるか、或《あ》いは、犯人が、彼女を殺して逃げるとすれば、この窓から、逃げると、思うんです。だから、1号車と、7号車の窓が開くということは、大事なことだと思います」

「僕は、そうは、思わんね」

7

早苗は、ぱちんと、窓を閉めてから、大きな眼で、三沢を見た。

「なぜですか？」

「この7号車は、パノラマラウンジカーで、コンパートメントは、一つもない。カウンターがあったり、カラオケセットが置いてある。ラウンジの中には、いつも、飲み物や、軽食を出してくれる係員がいるし、コンパニオンもいる。展望車だから、景色を楽しみたい乗客だっているだろう。そんなところから、犯人が、窓が開くからといって、どうやって、逃げるんだね？　2号車から6号車までのコンパートメントなら、他の乗客に見られずに、逃げられるが、窓が開かない。つまり、犯人は、走行中の車内からは、逃げられないのさ」

「そういうふうに、決めつけるのは、危険だと思いますけど」

と、早苗は、釘《くぎ》を刺すように、いってから、

「では、コンパートメントの構造を調べに行きましょう」

「しかし、どのコンパートメントにも、乗客が入っているだろう？」

「隣りの6号車の端のコンパートメントは、空いています。楠木かおりが、使う部屋ですから」

早苗は、そういうと、さっさと、先に立って、隣りの6号車へ、歩いて行った。

仕方なく、三沢も、そのあとに続いた。

コンパートメントが並ぶので、通路は狭い。

その狭い通路に面して、五つのコンパートメントが並んでいる。

二人は、6号車の一番手前のコンパートメントのドアを開けて、中へ入った。

偶数号車の車内は、グリーンの色調になっていて、ソファは、全て、グリーンである。

奇数号車は、赤い色調で、統一されている。

二人の入ったコンパートメントは、七・一平方メートル（約二・一坪）の大きさで、定員六名である。

コの字形に、ソファが並び、窓際には、テーブルが設置されている。

「なかなか、いい部屋だね」

三沢は、どっかりと、ソファに腰を下ろした。

部屋の壁には、小型のテレビがついていて、今は、パノラマラウンジで始まったカラオケ大会の様子が、映っていた。

「僕たちも、あとで、歌わないかね？　デュエットで」

三沢が、声をかけたが、早苗は、返事をせずに、通路に面したドアのカギを調べたり、室内にある呼出しボタンを押してみたりしている。

「コンパートメントは、内から、ドアにカギをかけられるように、なってるわ」

「ねえ君」

「この呼出しボタンを押すと、通路に面したドアの上のランプが点《つ》くんです」

「いいから、坐りたまえ」

と、三沢は、いった。

早苗は、立ったまま、振り向いて、

サロンエクスプレス号の車内見取り図

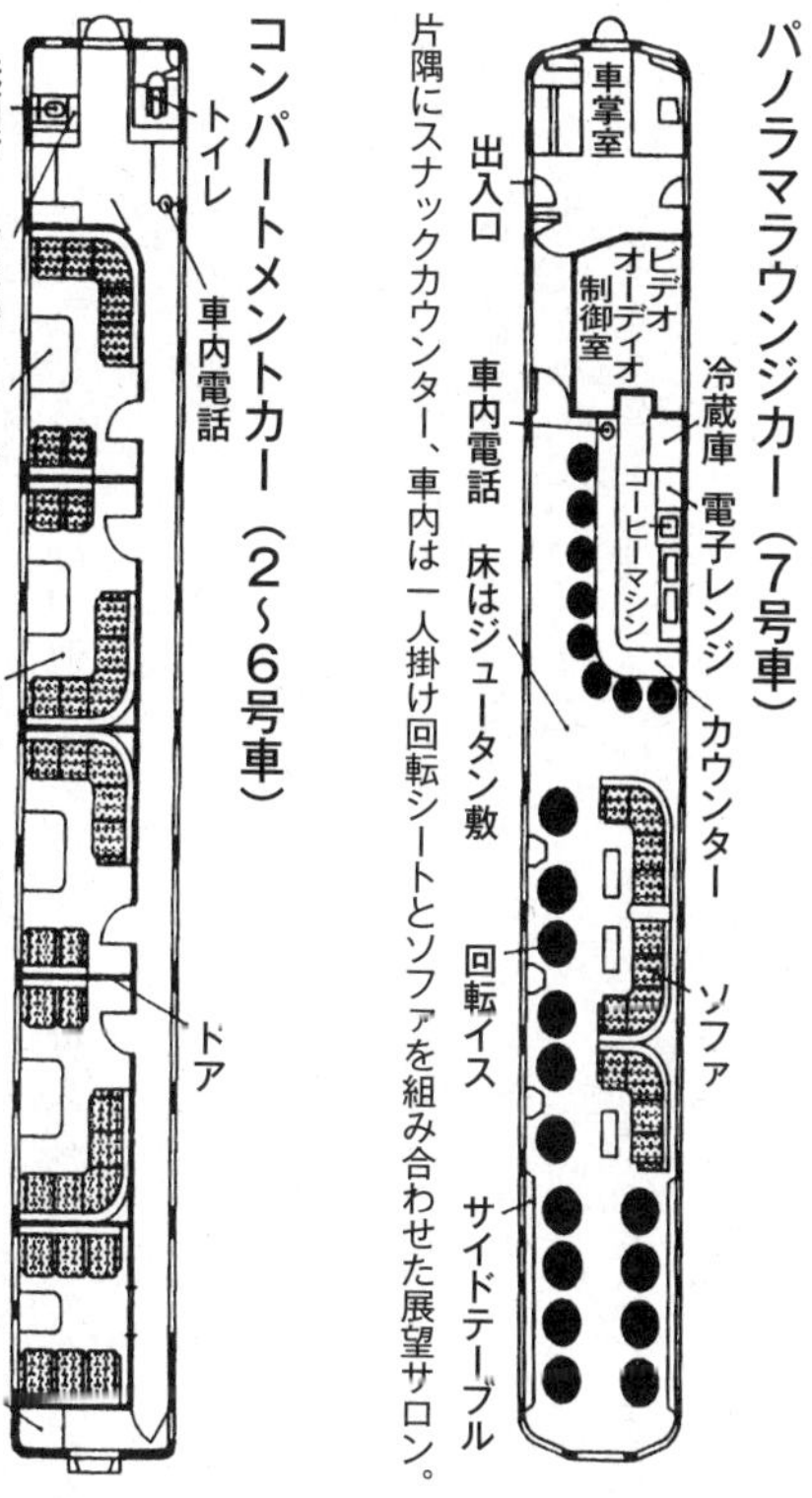
ワンルーム六名用のコンパートメントが主体。窓ぎわにはテーブルがある。
洗面所
冷水器
テーブル
ジュータン敷
携帯品置場

「まだ、何の事件も起きていないんだよ」

「わかっています」

「事件は、どんな形で起きるかわからないんだ。それなのに、細《こま》かいことを調べても、仕方がないと思うがねえ。むしろ、今は、他のカップルと、仲良くしておくことが、必要なんじゃないかね？」

「隣りのコンパートメントとの間にもドアがあって、カンヌキが、かかるようになっています」

「そんなことは、見れば、わかるよ」

「この部屋には、楠木かおりが、入るわけでしょう。もし、隣りに、彼女を殺そうと思う犯人が入っていたら、彼女は、危険です」

「彼女の傍には、企画課長がついているはずだよ」

「大場さんという人でしょう？　あの課長さんは、あまり、頼りにならないと思います」

「何ですか？」

早苗は、あっさり片付けてしまった。

「ふーん」

と、三沢は、ソファに腰を下ろしたまま、鼻を鳴らした。

「君は、厳しいことを、いうんだねえ」

「いざというとき、頼りにならないような人の力を、計算に入れておくと、失敗しますから」

「まさか、君は、僕も頼りにならないというんじゃあるまいね？」

「三沢刑事は、頼りにしています」

「どうも、ありがとう」

三沢は、軽い皮肉をこめていった。

列車が、沼津に着いた。

8

一一時五五分。

沼津と、浜松では、駅弁を買っていいことになっているので、車掌が、ドアを開けると同時に、各車両から、何人かの乗客が、ホームに、飛び出して行った。

三沢も、ホームに出ると、急いで、一つ七百円のわさびめしを二つと、お茶も二つ、買った。

それを抱えて、最後尾のパノラマラウンジカーに戻った。

すぐ、ドアが閉まり、二分停車で、「京都号」は、沼津を発車した。

「君の弁当も買って来たよ」

と、三沢は、早苗にわさびめしと、お茶を渡した。

「ありがとうございます」

早苗は、礼をいってから、

「これ、いくらですか？」

「僕のおごりだよ」

「いいえ。そういうわけにはいきません。きちんとしておきたいんです。いくらか、教えてください」

早苗は、ハンドバッグから、財布を取り出して、三沢を見た。

この分では、三沢が、いらないというと、この場で、ハンドバッグの中身をぶちまけかねない。

「わかった。七百円だ」

「じゃあ、これで」

と、早苗は、千円札を渡した。

沼津駅に着いたときに、一時中断したカラオケ大会が、また再開された。

楠木かおりが、司会役を、買って出ている。

カップルばかりなので、さすがに、デュエット曲が多い。

感心するほど上手なカップルもいれば、やたらに、頭をかいているカップルもいた。

平和な景色で、事件を予想させるものは、何もない感じだった。

三沢と、早苗は、そんなカラオケ大会を眺《なが》めながら、わさびめしを、食べ始めた。

カラオケ大会は、続いている。

そのうちに、乗客たちの拍手に促《うなが》されて、とうとう、楠木かおりと、企画課長の大場とが、マイクの前に立った。

〽お前は死ぬほど　つくしてくれた
あなたは誰より　愛してくれた

二人とも、なかなか、いい声だった。

「上手《うま》いな」

と、三沢は、小声で、いった。

歌い終わった楠木かおりは、三沢たちが腰を下ろしているソファのところにやって来た。

「あなた方も、歌ってくださいな」

と、かおりは、二人に向かって、笑いかけた。

「どう？　歌ってみないか」

三沢が、早苗を誘った。

「私は、遠慮します」

「いいじゃないか。君は、きっと、上手いと思うよ。声がいいからね」

「歌よりも、今は、仕事です」

「まだ、何の事件も起きていないんだよ。君みたいに、やたらに張り切っていたら、いざというときには、疲れきって、しまうぞ」

三沢が、苦笑しながら、いったとき、若い女性客が、顔色を変えて、飛び込んで来た。

二十二、三歳だろう。息をはずませながら、カラオケ大会の続いているパノラマラウンジを見廻して、

「責任者は、いませんか！」

と、甲高《かんだか》い声でいった。

かおりが、テープを止めて、

「私ですけど、どうなさったんですか？」

と、その女性客を見た。

「彼が、いなくなっちゃったんです！」

相手は、声をふるわせていう。

「くわしく話してください。あなたのお名前は？」

かおりは、落ち着いた声で、きいた。

「私は原田幸子《はらださちこ》です」

「確か、4号車に、乗っていらっしゃる方ね」

「ええ。早く、彼を探してください」

「あなたは、新婚さんで、ご主人の名前は、原田一夫《かずお》さんでしたわね」

かおりは、乗客名簿に眼をやっていった。

「お願いです。早く、彼を、探してください！」

原田幸子は、また、叫んだ。

「行ってみましょう」

と、早苗が小声で、三沢にいった。

三沢も、さすがに、刑事である。厳しい表情になって、

「よし、行ってみよう」

と、ソファから立ち上がった。

かおりが、蒼《あお》い顔の原田幸子を連れて、4号車の方へ歩き出したので、三沢と、早

苗も、そのあとに、続いた。

他に、四、五人の乗客も、ぞろぞろと、ついて来た。

「ご主人は、いつ、いなくなったんですか？」

狭い通路を歩きながら、かおりがきいている。

「さっき、気分が悪いといって、コンパートメントを出て、洗面所に行ったんです。それが、いつまで待っても、戻って来ないから、心配になって探したら、どこにも、いないんです」

「先頭のパノラマ・コンパートメントカーも、調べてみました？」

「ええ。でも、いないんです」

「ご主人が、洗面所へ行ったのは、沼津を出てから？」

「だと思います」

「そうだとすると、この列車から、降りるわけはないんだけど――」

かおりは、首をかしげていた。

第二章　第一の殺人

1

原田幸子は、泣きじゃくり始めた。

かおりも、いささか、持て余し気味のようだった。

男が一人、消えてしまったといわれても、どうも、ぴんと来ないからかもしれない。

それでも、かおりは、まだ、原田幸子の夫の一夫が、列車内のどこかにいるに違いないと思い、車内放送をすることにした。

――原田一夫さま。奥さまが、探していらっしゃいますので、すぐ、最後尾のパノラマラウンジカーへおいでください。

その放送が、繰り返された。

早苗と、三沢も、パノラマラウンジカーで、原田一夫が、現われるのを待った。

二人とも、乗客の一人が消えたということで、緊張したが、原田幸子の話を聞いていると、どうも、犯罪の匂《にお》いはしてこないのである。

「他のコンパートメントに行って、浮気でもしてるんだろう」

と三沢は、小声で、いった。

「新婚のカップルが、浮気をするんですか？」

早苗が、眉《まゆ》をひそめて、いった。

「新婚だって、浮気はするよ。それに、その奥さんは、気が強そうだから、旦那《だんな》は、隙《すき》があれば、浮気しようと狙《ねら》ってるんじゃないかね」

「でも、この列車に乗っている人たちは、全員、カップルなんですよ。浮気をする相手がいるとは、思いません」

「君も、頭がかたいな」

「なぜですか？」

「仲のいいカップルばかりとは限らんじゃないか。ひょっとすると、君と僕みたいに、即成のカップルもいるかもしれない」

「いるでしょうか？」

「今度のこの旅行は、全部、カップルに限定してるから、即成でカップルになって、応募した女もいるかもしれないよ」

と、三沢は、したり顔でいった。

その間にも車内アナウンスは、何回も繰り返されたが、原田一夫と思われる男は、いっこうに、パノラマラウンジカーに、現われなかった。

「原田さん」

と、かおりは、当惑した顔で、原田幸子に、声をかけた。

「本当に、沼津を出てから、いなくなったんですか？」

「ええ。沼津を出てから、洗面所へ行ったんです。そして、戻って来ないんです」

幸子は、手ぶりを交《まじ》えて、訴えている。

今の若い女は、大げさなゼスチュアが、おかしくなくなっている。

それとも言葉が貧しいから、ゼスチュアで、補《おぎな》っているのだろうか？

「でも、原田さん。沼津のあと、この列車は、どこにも、停車してないんです。だから、いなくなるはずは、ないですけどねえ」

かおりは、当惑した顔で、いった。

「じゃあ、走ってる列車から、振り落とされちゃったのかしら？　もし、それなら、助からないわ。そうでしょう？」

幸子は、声をふるわせた。

「それは、ありません。コンパートメントの窓は、開かないし、このパノラマラウンジカーの窓は、少し開くけど、無理矢理、身体を入れなければ、外へ落ちることはありません」

かおりは、窓の一つを、上に引き開けて見せた。

「じゃあ、なぜ、うちの主人は、消えてしまったんですか？」

幸子は、なおも、かおりに、きいた。

「失礼ですが」

と、三沢が、見かねて、口を挟《はさ》んだ。

「あなたも、この列車の責任者？」

幸子が、眉をひそめて、きいた。

どう見ても、そんなふうには、見えなかったから、きいたのだろう。

「いや、あなたと同じで、招待された人間ですがね。こちらのいうように、沼津から、どこにも停《と》まっていないんだから、この列車にいるはずですよ」

「でも、いないんです」

「ご主人の写真を持っていますか？」

「主人の写真をどうするんですの？」

「みんなで、列車内を探すのに、ご主人の写真があれば、便利だと思ったものですからね」

「ありません。それが普通でしょう？」

「まあ、そうでしょうね。それでは、どんな顔立ちか、教えてくれませんか」

と、三沢は、いった。

「どんなって、いわれても、うまく説明できませんけど」

「じゃあ、僕が質問します。背の高さは、どのくらいですか？」

「一七三センチです」

「体重は？」

「六五キロでしたかしら」

「じゃあ、多少太っていますね」

三沢がいうと、幸子は、きっとした顔になって、

「あなたより、スマートだわ」

と、いった。

きいていた早苗が、クスッと笑った。

2

身長一七三センチ、体重六五キロ、そして、顔は、歌手のKに似ているという。白い麻《あさ》の背広を着ている。うすいブルーのワイシャツを下に着ているが、ネクタイはしめていない。

これだけを頼りに、かおりと、三沢、早苗の三人、それに幸子も加わって、列車内を探し廻った。

各コンパートメントを開けてもらってのぞいてみたし、トイレも、調べた。

だが、それらしい男はいなかったし、幸子も、首を横に振るばかりだった。

「ひょっとして、沼津で降りて、乗りおくれてしまったんじゃないんですか？」

と、かおりは、幸子に、きいた。

幸子は、急に、自信がなくなってきた顔で、

「私は、沼津を出たあとだったと思うんですけど——」

「思い違いということがありますわ。ご主人は、沼津で、駅弁を買いにホームに降りたんじゃないかしら。そして、乗りおくれてしまったのでは……。ご主人は、駅弁は、お好きなんでしょう？」

「ええ、とても、好きですけど」

「じゃあ、その可能性が強いと思いますわ。今のうちに問い合わせてみます」

「沼津の駅に、直接、電話が、かけられるんですか？」

「いいえ。それはできませんけど、東京駅の総合指令所とは、無線電話で連絡できるようですし、次に、浜松に停まりますから、それから、沼津駅に、問い合わせてもらってもいいし――」

「そうなんですか――」

「とにかく、車掌さんに、頼んできます」

かおりは、パノラマラウンジカーの車掌室へ歩いて行った。

三沢は、ソファに腰を下ろして、煙草《たばこ》に火をつけている。

「こりゃあ、事件じゃなさそうだね」

三沢は、肩をすくめるようにして、いった。

「なぜですの？」

早苗は、ニコリともしないで、きいた。

「旦那が消えてしまったというから、トイレに、死体が転がっているのかと思ったが、どうやら、沼津で、乗りおくれたらしいからね」

「でも、どうして、乗りおくれたのかしら」

「そりゃあ、駅弁を買うのに、夢中になっていたんだろう。それとも、駅弁を売っている売店に、可愛い娘《こ》がいて、見とれていたかな」

「三沢刑事」

「何だい？」

「私は、そんなふうには、思いませんけど」

「じゃあ、どんなふうに思っているのかね？」

三沢は、逆に、きき返した。

「沼津が、二分間停車だということは、よくわかっているはずですし、乗りおくれに注意するように、アナウンスしていました。それを承知で、駅弁を買いにホームに降りたのに、乗りおくれたというのは、おかしいです」

「しかし、この列車に、原田一夫という男はいなかったんだ。沼津で、乗りおくれなかったら、彼は、今、どこにいるのかね？」

「それは、わかりませんけど――」

早苗が、いったとき、かおりが、車掌室から、戻って来た。

心配そうにしている幸子に向かって、かおりは、

「今、東京総合指令所で、沼津駅に問い合わせてくれています。すぐ、回答がくると思いますわ」

「ありがとう」

と、幸子は、ペコリと、頭を下げた。

列車は、富士《ふじ》、静岡《しずおか》を過ぎて、浜松に近づいている。

ここでも、列車がホームに着くと、車掌が、ドアを開けることになっていた。

浜松に着く少し前に、車掌が、かおりのところに、やって来た。

「今、回答がありましたが、沼津駅では、乗りおくれていった乗客は、いなかったそうですよ」

「じゃあ、やっぱり、主人は、消えてしまったんだわ」

「いや、そうは思いませんね」

と、三沢が、横から、いった。

幸子は、怒ったような眼で、三沢を振り向いた。

「なぜ、違うと思うんですか？　沼津には、主人は、いなかったといってるんですよ」

「いや、やはり、ご主人は、沼津で乗りおくれたんだと思いますね。だが、注意されていたのに、そんなことになって、恥ずかしかったんじゃないかな。だから、駅員にもいわなかった。僕が、ご主人の立場でも、照れくさいから、駅員には、いいませんよ。黙って、この列車を追いかけますね。タクシーを飛ばすか、それとも、新幹線に乗るかして、追いつきますね。きっと、ご主人も、そうしていると、思いますがね」

「じゃあ、次の浜松で、乗って来るかしら？　それなら、いいんですけど」

「浜松で追いつくかどうかわかりませんが、行く先は、京都と決まっているんです。京都までなら、ゆっくり追いつけますからね」

と、三沢は、いってから、かおりに向かって、

「事故のニュースは、ないんでしょう？」

「事故？」

「そうですよ。男の乗客が、列車から落ちたという事故のニュースは、ないんでしょう？」

「ええ、東京総合指令所は、事故のことは、何も、いっていないようです」

「それなら、大丈夫だ。京都までに、ご主人は、きっと、追いついて来ますよ。照れくさそうな顔をしながらね」

三沢は、微笑しながら、幸子に、いった。

列車が、浜松に着いた。

一三時五一分である。

ここに、「京都号」は、二分間停車する。

うなぎの本場なので、ここで、駅弁を買う乗客もいた。

一人の男が、息せき切って、パノラマラウンジカーに飛び込んで来た。
二十七、八歳の男である。
男は、かおりを見つけると、はあ、はあ、息をはずませながら、

「申しわけありません。沼津で、うっかりして、乗りおくれちゃって」

と、言った。

かおりは、自然に、顔をほころばせながら、

「あなた、原田さんでしょう？」

「そうです。原田一夫です」

「奥さんが心配して、大変でしたわよ。今まで、このパノラマラウンジカーにいらっしゃったんだけど、4号車のコンパートメントに、戻ってしまったわ」

「じゃあ、これから、謝《あやま》ってきますよ」

と、男は笑い、パノラマラウンジカーを出て行った。

三沢は、彼の後ろ姿を見送ってから、早苗を見て、

「やっぱりだったじゃないか。沼津で、駅弁を買うか、それとも、売り子に見とれて、乗りおくれたんだよ」

と、いった。

早苗は、返事をせずに、ショルダーバッグから、小型の時刻表を取り出して、ペー

ジを繰《く》っている。

「何をしているんだ?」

「今の人が、どうやって、この列車に追いついたんだろうかと思って、調べているんです」

「そんなの決まっているじゃないか。タクシーで、追いかけたか、それとも、新幹線を使ったかだよ」

三沢は、断定するように、いった。

二分の停車時間が過ぎて、「京都号」は、再び、京都に向かって、走り出した。

早苗は、まだ、時刻表を見ている。

「何を、気にしているんだ?」

「沼津には、新幹線は、停まりません。『ひかり』も、『こだま』も」

早苗は、眼を上げた。

「だから、どうだというのかね? 今もいったように、タクシーを飛ばして、追いつけたのかもしれないし、新幹線の『こだま』は、沼津に停まらなくても、熱海や、静岡には、停車するよ。そこまで、東海道本線で行って、『こだま』に、乗りかえたのかもしれない。とにかく、彼が、無事に追いついたんだ。それでいいじゃないか」

三沢は、面倒くさそうにいった。

「何を、もめていらっしゃるの？」

かおりが、近寄って来て、三沢と、早苗を見た。

「何でもありませんよ。彼女が、つまらないことに拘《こだ》わるんで、つい、面倒くさくなってしまって。それだけです」

三沢が、首をすくめると、早苗は、きっとした顔になって、

「つまらないのかどうか、まだ、わかりません」

と、いった。

三沢が、やれやれという顔をしたとき、さっきの原田一夫が、首をかしげながら、パノラマラウンジカーに、戻って来た。

「4号車へ行ってみたんですが、家内がいません」

と、原田は、かおりに、いった。

「今度は、奥さん――」

かおりは、溜息《ためいき》をついた。が、顔は笑っていた。

「お願いです。探してください」

「ええ。探しましょう。まさか、奥さんが、今度は、浜松で乗りおくれたんじゃないでしょうね」

かおりが、いった。

若い二十二、三歳のカップルが、蒼《あお》い顔で、飛び込んで来たのは、その時だった。

「大変よ!」

と、女のほうが、甲高い声で、いった。

「どうなさったの!」

かおりが、きく。

「4号車のトイレで、女の人が死んでるんです」

「本当ですよ。死んでるんだ!」

と、男のほうもいった。

三沢と、早苗は、はじかれたように立ち上がると、4号車に向かって、駈《か》け出した。

3

コンパートメントカーの通路は狭くて、二人で並んで、走れない。自然に、三沢のあとを、早苗は、駈ける恰好《かっこう》になった。

コンパートメントのドアを開いて、何ごとかという顔で、通路をのぞいている乗客もいる。

「邪魔だ! 引っ込んでいろ!」

と、三沢は、怒鳴《どな》りながら走る。

「何をえばってるんだ」

ぶつぶつ、文句をいう声を耳にしながら、早苗も、走った。

4号車のトイレに着くと、ドアが、半分ほど開いていて、五、六人の乗客が、のぞき込んでいる。

「どいて、どいて！」

三沢は、大声でいい、そこにいる人たちをかきわけて、トイレの中に、足を、踏み入れた。

続いて、早苗がまた、乗客をかきわけて、中に踏み込んだ。

和式トイレの狭い場所に、若い女が、両足を投げ出すような恰好で、壁にもたれかかっている。

いや、死んでいるのだ。

トイレの壁のところに、網棚があり、その下についているフックに、細い皮のベルトを引っかけ、反対側を、自分のくびに巻きつけて、死んでいるのだ。

若い女は、眼をむき、鼻から血が流れ出している。

一見して、縊《いし》死に見える。

「みんなを、追い払ってくれ」

と、死体の傍に屈《かが》みこんだ三沢が、うしろにいる早苗に命令口調でいった。

早苗は、小声で、

「私たちは、刑事の身分を隠して乗っているんですから、強制的に、排除はできません」

「しかし、うるさくてかなわん。何とかしろ」

と、三沢は、いった。

確かに、背後で、ぺちゃくちゃ喋《しゃべ》られると、気が散ってしまうのだ。

早苗は、集まっている乗客たちに向かって、

「コンパートメントに戻ってください」

と、いった。

しかし、それで、簡単に、相手は、戻りはしなかった。

「あんた方は、何なんだ？　警察でもないのに、僕たちに、指図するのか？」

案《あん》の定《じょう》、若い男が、喰ってかかってきた。

「乗務員が、無線電話で連絡して、次の停車駅で、公安官なり、警察が、乗って来ると思います」

早苗は、きっと、相手を睨《にら》むようにして、いった。

「それはわかるよ。僕のきいているのは、あんた方は、何なんだということなんだ。

向こうの男は、死体に触《さわ》ってるじゃないか。警察が来る前に、そんなことをしていいのかな」

相手は、理屈っぽくいった。

そこへ、車掌が、かおりと駈けつけた。

「皆さん。さがってください」

と、車掌が、甲高い声でいった。

野次馬《やじうま》の乗客たちが、相手が車掌というので、身体をよけた。

車掌は、三沢と、早苗に向かって、

「あんたたちは？」

と、きいた。

早苗が、何かいおうとすると、立ち上がった三沢が、

「もう、いい」と、小声で、いった。

「引き揚げよう」

「いいんですか？」

「ああ、一応、見たよ」

三沢は、低い声でいい、さっさと、通路に出て、歩き出した。

二人は、また、最後尾のパノラマラウンジカーに戻った。

早苗が、ソファに、腰を下ろすと、三沢が、カウンターから、オレンジジュースを持って来てくれた。

「君のおかげで、死体を、じっくり調べることができたよ」

と、三沢は、いった。

「あの女の人は、ご主人がいなくなったといって騒いでいた原田幸子という人じゃありませんか？」

早苗は、手にジュースの入ったカップを持ったまま、三沢に、きいた。

「そうだ。間違いなく、彼女だよ」

「三沢さんは、自殺だと思います？」

「死んだのは、女だから、君の意見を、まず、ききたいね」

三沢は、ちょっと、意地の悪い眼つきをした。女刑事の早苗が、どんな意見をいうか、見てやろうという気分になっていた。

「それは、明らかに、自殺に見せかけた殺人だと思います」

早苗は、きっぱりと、いった。

三沢は、「ふ〜ん」と、鼻を鳴らしてから、

「その理由は？」

「理由は、三つあります」

「ほう。三つもね」

「一つは、場所です。もし、私が、自殺の衝動にかられたとしても、列車のトイレなんかで、死にません。もっと、ロマンチックな場所で、死にます。彼女だって、そうしたはずだと思います」

「例えば、どんな場所だね？」

「この列車は、京都行です。京都は、ロマンチックな場所です。特に、女性にとって。だから、自殺するなら、多分、京都を選ぶと思います」

「なるほどねえ」

「第二は、トイレに、カギが、かかっていなかったことです。どうしても、トイレの中で、自殺したくなったとしても、まず、カギをかけると思います。静かに、死にたいですものね。それなのに、カギはかかっていませんでした。理由は簡単です。誰かが、トイレの中で、彼女を、自殺に見せかけて殺し、逃げたから、外からは、カギをかけられなかったわけです」

「第三の理由もききたいね」

「これは、それほど強い理由じゃありません。彼女は、ご主人が消えてしまったといって、大さわぎをしていました。それで私たちは、多分、沼津駅で、駅弁を買っていて乗りおくれ、きっと、追いつくだろうといって、彼女を、なぐさめたんです」

早苗は、考えながら、しっかりと、いった。

三沢は、黙って、早苗の横顔を見ていた。

鼻が高く、理知的で、素敵な横顔だと思った。

(ただ、もう少し鼻が上を向いていると、女らしい愛嬌《あいきょう》があるんだがな)

もちろん、そんなことをいったら、早苗は、きっと、大きな眼をむいて、睨むだろう。

「きいてくださっているんですか?」

気配で、何か感じたらしく、早苗が、急に、きいた。

三沢は、小さく、肩をすくめて、

「きいているよ。だから、続けて」

「それほど、ご主人のことを心配していた彼女が、その結果を確かめずに、自殺するなんて、あり得ません。しかも、浜松で、ご主人が、追いついて乗って来る直前に、自殺するなんて、とうてい、考えられません」

「なぜ、直前に、死んだと、わかるんだね？」

と、三沢は、きいた。

「彼女は、鼻から血を流して、死んでいました。その血が、充分に乾いてはいませんでした。だから、直前だと思ったんです」

「細かいことに、よく、気がついたね」

「私だって、警察官ですわ」

「わかってるよ」

と、三沢は、肯いてから、

「しかし、直後かもしれない」

「直後に、なぜ――」

と、早苗が、いいかけた時、パノラマラウンジカーに、楠木かおりが、戻って来た。

「あの死体は、どうするんですか？」

三沢が、立ち上がって、かおりに、きいた。

「車掌さんが、電話を使って、連絡してくれましたから、名古屋で、何とかしてくれると思います」

「原田さんは、どうしています？　やっと、追いついたと思ったら、奥さんが、死んでしまって、さぞ、悲しんでいるんじゃないですか？」

「ええ。奥さんの亡骸《なきがら》に取りすがって、泣いていらっしゃいました」

「それで、彼は、何といっているんですか？」

と、三沢は、さらに、きいた。

「何を？」

「彼は、奥さんが、自殺したと思っているんですか？　それとも、殺されたと思っているんですか？」

三沢がきくと、かおりは、びっくりした顔で、

「自殺なさったんじゃないんですか？」

「ご主人が、どう思っているか、僕は、知りたいんですがね」

「そんなこと、ご主人に、きけませんわ。そうでしょう？」

「なるほど。そうかもしれませんね。失礼なことをきいて、申し訳ありません」

三沢は、丁寧《ていねい》に、謝った。女性には、いつも優しいのを、信条にしているのだ。

「そんな。謝って頂かなくても――」

「いや、あなたの優しい心を、傷つけたとしたら、申し訳ありませんからね」

と、三沢は、いった。

名古屋着が、一五時一八分。

車掌が、4号車のドアだけを開け、鉄道公安官が二人、乗り込んで来た。

三沢と、早苗は、離れたところから、様子を見ていた。

自分たちは、楠木かおりの身辺警護で、このサロンエクスプレスに、乗り込んだのである。

今、警察の人間であることを、明らかにすると、その任務が、遂行《すいこう》しにくくなると、判断したからだった。

公安官二人は、駅員に指示して、死体を、毛布に包み、ホームへ運び出させてから、最初に発見した若いカップルや、この列車の旅の主催者である楠木かおり、或いは、車掌から、事情をきいて、手帳に、メモしていた。

「このトイレは、カギをかけて、使用させないようにしてください」

と、公安官の一人が、車掌に、いった。

公安官も、殺人事件とみて、現場保存を、指示したのかと、三沢は、見ていたが、どうも、そうではないようだった。

「一応、自殺として、処理しておきますから、予定どおり、京都へ向かってください」

と、公安官の一人が、楠木かおりと、車掌にいっているのが、聞こえたからである。

公安官二人が、列車を降りると、「京都号」は、予定より、五分おくれて、名古屋駅を発車した。

三沢と、早苗は、4号車の通路の窓から、離れていく名古屋のホームを眺めていたが、早苗が、急に、

「あの人、どうしたのかしら？」

と、いった。

「誰のことだね」

「ご主人の原田一夫さんです」

「当然、奥さんの遺体と一緒に、名古屋で、降りたんだろう」

三沢がいうと、早苗は、小さく頭を横に振って、

「いいえ。降りるのは、見ませんでした」

「君がいうと、絶対に、降りなかったように思えてくるね」

「降りませんでした」

と、早苗は、はっきりと、いった。

三沢は、苦笑して、

「きっと、君のいうとおりだろう」

「おかしいですね」

「ああ、確かに、おかしいね」

三沢は、肯くと、楠木かおりと、車掌の傍へ近寄って行った。

死体の始末がすんで、ほっとしているかおりに向かって、三沢は、

「原田一夫さんは、名古屋で降りませんでしたね」

と、声をかけた。

「そんなことはないと思います」

「しかし、彼女が、降りるのを見なかったといってるんですよ」

三沢は、眼で、早苗を指した。

「でも、奥さんの遺体に、ご主人が、付き添っていかないはずがありませんわ。泣いていらっしゃったご主人が」

と、かおりが、いう。

「では、原田さんが、名古屋で降りるのを見ましたか?」

重ねて、三沢がきくと、かおりは、急に、自信がなくなった顔で、

「私は、公安官の方と、お話をしていましたから、その間に、原田さんが、当然、遺体に付き添って、降りたと思っていたんですけど」

「そういえば、遺体は、駅員だけで、運ばれて行きましたね」

と、車掌が、いった。

「じゃあ、原田さんは、どこにいるんでしょうか？」

かおりが、当惑した顔で、三沢に、きいた。

「名古屋で降りなければ、当然、まだ、この列車に乗っているはずですよ」

「でも、なぜ、奥さんの遺体に、付き添っていかなかったのかしら？」

「それは、当人に会って、きいてみるより仕方がありませんね」

と、三沢は、いった。

（ひょっとすると、夫の原田が、殺したのだろうか？）

と、三沢は、思った。

しかし、それなら、名古屋駅で、さっさと、この列車から降りているだろうし、降りても、別に、不思議がられはしなかったのである。むしろ、遺体と一緒に、降りるほうが、当然に、思われたのに、そうしなかった。

（逃げたのかな）

と、思い直しているところへ、原田のほうから姿を現わした。

「どこにいらっしゃったんですか？　なぜ、名古屋で――」

と、かおりが、いいかけると、原田は、眼を、血走らせて、

「僕は、犯人を見つけるんだ。そのために、この列車に、残ったんだ」

と、怒鳴るように、いった。

「犯人って、何のことですの？」

かおりが、一瞬、怯《おび》えたような眼になって、原田を見た。

原田は、じろりと、かおりを見、車掌を見、そして、少し離れたところにいる三沢と、早苗を見た。

「決まってるじゃありませんか。家内は、自殺するような女じゃない。殺されたんですよ。この列車に乗っている誰かに、自殺に見せかけて、殺されたんですよ。犯人は、この列車に乗ってるんです。僕は、家内の仇《かたき》を討ちたいんです。お願いです。一緒に、犯人を見つけてください」

原田は、突然、通路に両手をつくと、何度も、頭を下げた。

かおりは、どうしていいかわからないという様子で、

「公安官の人たちは、あなたの奥さんは自殺だと、いっていましたけど――」

「そんなはずはありません。家内に、自殺する理由なんかありませんからね。協力してくださらないのなら、僕は、一人で、犯人を見つけ出しますよ」

と、原田は、いった。

5

かおりは、相手の語調の激しさに、あっけにとられた顔になっている。

「とにかく、僕は、犯人を見つけ出すつもりですよ」

原田は、その言葉を繰り返した。

かおりは、当惑した顔で、ちらりと、三沢に眼をやった。

三沢は、煙草を取り出して、原田にすすめた。

原田は、一瞬、どうしようかと、迷っているようだったが、手を伸ばして、その煙草を受け取った。

三沢は、ライターで、火をつけてやってから、

「奥さんが、殺されたと思うのは、自殺するような性格じゃない。それだけの理由ですか？」

と、きいた。

原田は、むっとした顔になった。

「それで、充分じゃありませんか」

「毎日のように、自殺者は出ていますがね。生まれつき、自殺する性格なんていうの

はありませんよ。日常生活の中に、自殺する理由が出来て、死ぬんです」

三沢は、理屈を、いった。

「家内は、幸福でしたよ。この列車にだって、喜んで乗っていたんです。自殺しなきゃならない理由なんて、少しもないんです。だから、これは、殺されたんですよ。僕は、必ず、犯人を捕まえて見せますよ」

原田は、まだ、力《りき》み返っている。

早苗は、そんな二人のやりとりを、冷静な眼で、見つめていた。

三沢は、小さく肩をすくめた。

「しかし、原田さん。誰が、あなたの奥さんを殺すんですか？　誰かに、狙われる心当たりでもあるんですか？」

「それはわかりませんが――」

と、原田は、言葉を濁してから、急に、眼を光らせて、

「あんたは、何なんだ？　警察じゃないんだろう？」

「もちろん、違いますよ」

「それなら、なぜ、やたらに質問するんだ？　まるで、警察の訊問《じんもん》じゃないか？」

「この列車は、あくまでも、親善を目的としたものですからね。あなたが、殺人事件だといって、引っかき廻しては、他の乗客が、迷惑しますからね」

三沢がいうと、かおりも、

「京都へ着いたら、向こうの警察に話をして、気のすむように、捜査してもらいますから、それまでは、おとなしくしていてくれませんか。原田さんのお気持ちは、わかりますけど、他の乗客の方々は、今、三沢さんのおっしゃったように、今度の旅行を、楽しんでいらっしゃるんです。それなのに、騒ぎ廻ったら、全てが、ぶちこわしになってしまいます」

「そりゃあ、あなたが、家内は自殺したと思っているからだ」

「ええ、私には、自殺したとしか思えませんけど」

と、かおりはいってから、あわてて、

「原田さんには、お気の毒ですけど、奥さんには、何か、切羽《せっぱ》つまった理由があったんだと、思いますわ」

と、つけ加えた。

「僕がいるのに、家内が、勝手に、自殺するなんて、考えられませんよ」

原田は、じっと、かおりを睨んだ。

「お気持ちは、わかりますけど、この列車には、あなただけが、乗っていらっしゃるわけじゃありません。責任者として、それを、申しあげておきたいんです。もし、秩序を乱すような素振りをなさったら、臨時停車をしてでも、降りて頂くことにします」

かおりは、毅然《きぜん》とした態度でいった。

原田は、何か、反論しようとする眼になったが、

「少し、考えさせてください」

と、いい、パノラマラウンジカーを出て行った。

彼の姿が、隣りの車両に消えてしまうと、かおりは、ほっとした顔になって、

「助かりましたわ。ありがとう」

と、三沢に、礼をいった。

「あなたのような美しい人が、悩んでいるのを見ているのは、辛《つら》いですからね」

三沢は、調子のいい、いい方をした。

「これから、どうしたらいいでしょうか？」

かおりが、三沢に、きいた。

「今、何時かな」

と、三沢は、腕時計に眼をやった。

「午後三時四〇分か。間もなく、岐阜《ぎふ》を通過ですね」

「ええ」

「京都着は、五時二九分の予定でしたね」

「あと二時間足らずです。何とか、このまま、平穏《へいおん》にいくようにすべきですよ。京都に着いたら、あなたが、さっきいったように、京都府警に、話せばいい」

「あの原田さんが、その間、おとなしくしてくれると、いいんですけど」

「ええ」

6

米原《まいばら》を過ぎる頃には、名古屋での遅れを取り戻した。

これなら、予定どおり、一七時二九分に、京都に着くだろう。

「ちょっと、様子を見て来ます」

早苗が、ソファから、立ち上がった。

「様子って、原田一夫のことかね?」

三沢は、煙草をくわえたまま、きいた。

「はい。京都まで、あと一時間足らずですが、彼が、騒ぎを起こすと、困りますから」

「そうだな。私は、ここにいるよ。楠木かおりのことが、心配だからね」

三沢は、声を低くしていった。

その楠木かおりは、原田一夫のことで、一時、ごたごたしたが、彼が、他の車両に行ってしまったことで、ほっとしたらしく、カウンターのところで、企画課長の大場と、話をしている。

「あと一時間で、京都ですが、彼女のことで、何か事件が起きると、思いますか？」

と、早苗が、きいた。

「わからないが、彼女を守るように、刑事部長から命令されているからね。それに美人の傍にいるのは、悪くないからね」

三沢は、そんないい方をした。

早苗は、パノラマラウンジカーを出て、先頭車に向かって、狭い通路を歩いて行く。

コンパートメントのドアは、ほとんどが、閉まっていた。

ドアの横には、そのコンパートメントのナンバーが表示されている。

ドアの上にあるランプは、呼出しランプで、室内で、ボタンを押すと、点灯するようになっていた。

何か、コンパートメントの中で、問題があると、このランプが点くのだろう。

6号車、5号車と、通路を歩いて行ったが、このランプが点いているコンパートメントは、見当たらなかった。

パノラマラウンジカーで、妻を殺した犯人を見つけ出してやると、息まいていた原田は、どこへ消えてしまったのか、通路に、見当たらなかった。

自分のコンパートメントへ、入っているのだろうか。

先頭車に着いた。

ここは、コンパートメントの他に、パノラマルームがある。

その六つの回転式のシートは、満員だった。

広い窓ガラスの向こうに、この列車を牽引《けんいん》している電気機関車の後部が見えている。

ＥＦ58——という車両ナンバーが、眼の前に見えるのは、鉄道マニアなら、素敵な景色に違いない。

早苗は、ここでも、何事も起きていないのを注意してから、通路を、ゆっくりと、最後尾のパノラマラウンジカーに戻った。

三沢は、また、カウンターに腰を下ろして、かおりと、親しそうに、話をしている。

「三沢さん」

と、早苗が、声をかけると、三沢は、眼だけ向けて、

「何だね？」

「ちょっと、お話ししたいことがあります」

「あとでは、駄目《だめ》かい？」

「ええ。今すぐ、お話ししたいんですけど」

「わかったよ」

三沢は、カウンターを離れて、早苗と、ソファに、腰を下ろした。

「何かあったのか？」

と、三沢は、改めて、早苗にきいた。

「何もありません」

「それなら、別に報告する必要はないだろう。今、彼女と、この旅行が終わったら、食事にでも一緒にと、誘っていたところなんだよ」

「そうですか」

「君には、興味のない話だったかな」

「今は、仕事が、大事ですから」

と、早苗は、いった。

三沢は、小さく肩をすくめて、

「ブスが、今みたいなことをいうと、嫌味《いやみ》以外の何ものでもないんだが、なぜか、君は、美人だからね。不思議な気がするねえ」

「女性だって、仕事に熱中します。女性は、いつも、他のことを考えていると思わないで頂きたいと思いますわ」

「わかったよ。それで、何をいいたいんだね？」

「原田一夫の姿が、見えません」

「きっと、自分のコンパートメントに入っているんだろう。通路や、パノラマルームにいなくても、不思議はないだろう？」

三沢は、面倒くさそうにいった。

「私も、多分、コンパートメントにいるんだと思います」

「それなら、それでいいじゃないかね」

「でも、私は奇妙な気がするんです。原田一夫は、奥さんの遺体に付き添って行かずに、この列車に残りました。その理由は、奥さんは、自殺ではなくて、殺されたんだから、犯人を見つけるためということでした」

「殺人なら、犯人は、この列車内にいるというのは、正しいよ」

「私も、その点は、同感です」

「それは、有難《ありがと》う」

「あれほど、犯人を見つけてみせると息まいていたのに、なぜ、自分のコンパートメントに閉じ籠《こ》もっているのか、不思議で、仕方がありません」

「それは、楠木かおりが、京都まで、静かにしておいてください。さもないと、途中で降りてもらいますと、強くいったからだろう」

「そうでしょうか」

早苗は、三沢を見返した。

三沢は、小癪《こしゃく》なと思いながら、

「君は、違うと思うのかね？」

「原田は、亡くなった奥さんを愛していたからこそ、この列車に残って、犯人を見つけ出したいというわけだと思います」

「まあ、そうだろうね。彼自身、それらしいことを、いっていたはずだよ」

「私は、そのことからして、疑問なんです」

「ほう。なぜだね？」

三沢は、少し真面目な眼になって、早苗を見た。

「本当に愛しているのなら、どんなことがあっても、奥さんの遺体に、付き添って行くと思います」

「ああ、そうだろうが、中には、仇《かたき》を討つのが先だと考える人間もいるかもしれないよ。原田一夫の場合が、そうだったんじゃないかな」

「それなら、楠木かおりに、何かいわれたって、必死になって、列車内を、捜《さが》し廻るんじゃないでしょうか？　殺人なら、犯人は、この車内にいることは、間違いないんですから」

早苗は、きっぱりと、いった。

確かに、彼女のいうとおりかもしれない。冷静に見れば、あの原田一夫の行動には、不自然なところがある。

（おれだって、遺体に付き添って行くだろうな）

と、三沢は、思ったが、早苗に対して、そのとおりだと、簡単に賛成するのが、沽《こ》券《けん》にかかわるような気がして、

「ふーん」

と、まず、鼻を鳴らした。

「すると、君は、原田一夫が、嘘《うそ》をついていると思っているのかね？」

と、きいた。

「はい、嘘をついていると思います」

「しかし、彼が、なぜ、嘘をつく必要があるんだ？」

「それは、わかりませんけど」

「なんだ、わからないのか」

「いろいろと、考えられることは、ありますけど」

「それを、いってみたまえ」

「ひょっとすると、奥さんを殺したのは、原田一夫ではないかとも、考えました。名古屋で、遺体と一緒に降りたのでは、警察に、一応、事情をきかれる。それが嫌で、

この列車に残ったのではないかと、思うんです。ただ、残った理由が、必要になる、そこで、やたらに息まいて、犯人を見つけるために、列車に乗ったと、いっているのではないかと」

「しかし、君。みんなが、自殺だろうと、いっているんだ。私は、他殺の可能性が強いと思っているがね。もし、原田が犯人なら、みんなが自殺だと思いたがっているのに、わざわざ、他殺だと、大声で叫ぶのは、おかしいんじゃないかね」

三沢が、いうと、早苗は、いやに、あっさりと、

「では、原田一夫が、犯人だという考え方は、引っ込めます」

「ずいぶん、簡単なんだな」

三沢が、苦笑した。

「事実を見つけたいからです。もし、原田が、犯人でないとすると、なぜ、彼が、嘘をついてまで、この列車に残ろうとしたのか、それを、知りたいんです。名古屋で、遺体と一緒に降りなかった理由といっても、構いません」

と、早苗が、いう。

急に、三沢の顔が、険《けわ》しくなった。

刑事としての直感みたいなものだった。何か、大変なことを、見逃していたのではないかという不安だった。

三沢は、カウンターに眼をやった。

今まで、そこにいた楠木かおりの姿が、消えている。

三沢は、ソファから立ち上がると、カウンターのところに、走って行った。

企画課長の大場が、ひとりで、ビールを飲んでいた。

「彼女は、どこへ行ったんだ？」

三沢は、大場に向かって、きいた。

そのきき方が、乱暴だったせいか、大場は、むっとした顔で、

「何のことですか？」

「楠木かおりさんだよ。どこへ行ったんだ？　今まで、ここで、君と、話をしていたはずだ。どこへ行ったんだ？」

「そんなことを、いちいち、あなたに、いわなければならない理由はないでしょう？」

「ごちゃごちゃいわずに、どこへ行ったか、考えるんだ」

三沢は、大場を睨みつけた。

刑事だけに、眼つきに、凄《すご》みがあった。

大場は、急に怖くなったらしく、ビールのコップをカウンターに置いて、

「今、コンパートメントから、呼び出しがあって、行きましたよ」

「どこのコンパートメントだ？」

「確か、４号車だったと思いますが――」

「４号車？」

三沢の顔が、また、険しくなった。

（原田一夫のコンパートメントがある車両ではないか？）

第三章　消えた

1

「何をあわててるんですか？」

大場が、顔をしかめて、三沢を睨《にら》んだ。

「何をって、君。心配にならないのか？」

三沢はもどかしそうにいった。

「あなたが、何を心配しているのか、ぜんぜん、見当がつきませんね。4号車から呼ばれたから、責任者として、行くのは、当然じゃありませんか？」

「君は、なぜ、一緒に行かないんだ？」

「ここにも、用があるし、自分一人でいいといわれましたからね。そういわれたのに、一緒に行きますというのも、おかしいですからね」

「4号車の乗客は、何だといって来たんだ？」

「この旅行の責任者に、すぐ来てくれということだったと思いますよ。だから、部長は、行ったんです。別に、おかしいところは、ないですよ」

「電話の声は、男だったのか？」

「間違いなく、部長自身だから、何ともいえません」

「間違いなく、4号車だったんだな？」

「4号車に行ってくると、いっていましたからね」

「4号車へ行ってみよう」

三沢が、早苗に向かって、声をかけた。

大場は、あわてて、

「4号車へ行って、何をするつもりなんですか？　つまらないことをされては困ります。間もなく終着の京都へ着くんです。これ以上、列車内で、ごたごたを起こされては困ります」

「別に、事件を起こそうというんじゃない。何となく、心配だから、見に行ってくるというだけのことだよ」

「じゃあ、私も行きます。変な真似《まね》をされては、困りますからね」

大場も、三沢や早苗と、一緒に行くことになった。

三沢にも、4号車で、事件が起きるかどうかわからない。不安を感じたが、それは、別に、理由があってのことではなかった。刑事としての勘《かん》である。

4号車まで、やって来た。

2号車から6号車までの五両は、全て同じ構造になっていて、それぞれ、五つのコンパートメントを、持っている。

各個室のドアの上には、呼出しランプがあるが、五つのコンパートメントのどれにも、ランプは点《つ》いていなかった。

「どの部屋だ?」

三沢が、大場にきく。

「端《はし》の小さな部屋だということでしたよ」

と、大場が、いった。

五つあるコンパートメントの中、四つは、同じ作り、同じ大きさである。

一番端の5号室だけが、小さい。

標準室には、三組のカップルが、5号室には、二組のカップルが入っているはずだった。

三沢が、5号室のドアをノックしようとすると、それをさえぎって、

「中の乗客の方に、失礼になってはいけませんから、私が、調べます」

「じゃあ、早くやってくれ」

と、三沢は、身体を寄せた。

大場は、ドアをノックした。

二組のカップルが、入っているはずなのに、中から、返事はなかった。

「前部のパノラマ・コンパートメントに行っているのかな？」

大場は、首をかしげながら、もう一度ノックし、それから、ドアを開けた。

中には誰もいなかった。

三沢の顔が、一層、険しくなった。

「本当に、この部屋から、彼女は、呼ばれたのか？」

三沢は、鋭い眼で、大場を見た。

「そうですよ。4号車のこの部屋です」

「この部屋は、奥さんが亡くなった原田という人が、入っているはずなんじゃないのか？」

三沢は、叱《しか》りつけるような、きき方をした。

大場は、むっとした顔で、

「そうですよ」

「もう一組は？」

「羽賀進《はがすすむ》さんと、奥さんの弘子《ひろこ》さんです」

大場は、メモを取り出し、それを見て、いった。

「その三人は、どこへ行ったんだ？」

「トイレか、そうでなければ、パノラマルームに行ってるんだと、思いますね。最後尾と、先頭の両車両に、パノラマルームがありますから」

「じゃあ、楠木かおりさんは、どうしたんだ？　ここへ来る途中で、会わなかったぞ。おかしいじゃないか」

「説明はつきますよ」

「どんな説明だ？」

「4号車で、部長は、用事をすませたあと、パノラマラウンジカーに引き返す途中で、他の乗客から呼ばれて、そのコンパートメントに入って、話を聞いているとすれば、われわれと、通路で会わなくても、当たり前でしょう？　違いますか？」

どうだという顔で、大場が、三沢を見、隣りにいる早苗を見た。

「なるほどね」

と、三沢は、一応、肯いたが、

「すると、彼女は、どこかのコンパートメントにいるわけだね？」

「もちろんですよ。走っている列車から飛び降りるわけがないでしょう」

大場は、笑った。

「じゃあ、パノラマラウンジカーに戻ろう。そして、車内放送で、彼女に、すぐ、戻って来るようにいおうじゃないか」

と、三沢は、いった。

2

三沢と、早苗は、また、最後尾のパノラマラウンジカーに、戻った。

大場は、肩をすくめて、

「車内放送なんかしなくても、部長は、戻って来ますよ。あと三十五分で、京都に着くんですから」

「あと十分、待つよ。それでも、彼女が戻って来なかったら、車内放送をしたほうがいいね」

と、三沢は、いった。

三沢は、窓の外に眼をやった。

早苗も、外の景色を眺めている。

さっき、列車は、近江八幡《おうみはちまん》駅を通過した。

轟音《ごうおん》を立てて、上り列車と、すれ違った。

三沢は、小さな溜息《ためいき》をつき、煙草に火をつけた。

(心配のしすぎだろうか?)

とも、思う。

大場のいうとおり、楠木かおりは、コンパートメントの一つに入って、乗客と話をしているのかもしれない。

(かおりは、この旅行の責任者だし、若くて、美人だ。乗客の中には、別に用がなくても、彼女を、自分たちのコンパートメントに呼んで、話をしていることだって、充分に、あり得ることなのだ。

それに、米原を出発するときには、かおりは、パノラマラウンジカーにいたことは、間違いない。

三沢も、見ている。別に、何の不安も感じさせない様子だった。

それに、米原を出発してから、この「京都号」は、どこにも停車していない。時速六〇キロぐらいで、走り続けている列車から、飛び降りることは、不可能だろうし、第一、彼女が、そうする理由もないはずである。

何者かが、彼女を誘拐《ゆうかい》したとしても、走り続けている列車から、降ろすことは、不可能だろう。

自分の勘に、自信がなくなって、三沢は、傍にいる早苗に、

「君、どう思うね？」

と、きいた。

早苗が、いやに冷静でいるので、小憎《こにく》らしくもある。

「何がですか？」

早苗は、大きな眼で、三沢を見返した。

（どうも、この眼が苦手だな）

と、思いながら、

「決まってるじゃないか。楠木かおりのことだよ。われわれは、彼女を守るために、この列車に乗ってるんだ」

「わかっています」

「それなら、真剣に考えたまえ。楠木かおりが、4号車に呼ばれたまま、姿を消してしまったのは、おかしいと思わないかね？」

「三沢刑事は、どう思われるんですか？」

「今は、君にきいてるんだ」

「表面的には、何も事件は起きていません」

「そんなことは、わかってる」

三沢は、いらだたしげに、いった。

「草津《くさつ》を過ぎました」

早苗は、冷静な口調で、いった。

「何だって?」

「今、草津駅を通過しました。それに、さっき、三沢刑事が、あと十分といわれてから、丁度《ちょうど》、十分間たちました。やはり、車内放送をしたほうがいいと、思います」

「もちろん、やってもらうよ」

三沢は、何だか、早苗に指示されて動くみたいな感じなのが、癪《しゃく》にさわったが、ソファから立ち上がった。

大場課長の傍に行って、

「十分たったよ。楠木かおりさんは、まだ、戻って来ないじゃないか」

「そうですね」

「心配にならないのか?」

「部長は、話好きで、世話好きなんです。きっと、話し込んでしまって、時間を忘れているんだと思いますね。それに、この列車の中にいることは、間違いないんだから」

「だが、時間が、かかり過ぎる」

「どうもわからないんですが、あなたは、どうして、そんなに部長のことを心配されるんですか？　他の乗客の方々は、別に、何の心配もなさっていませんよ」

大場は、遂《つい》に、食ってかかってきた。

三沢は、そんな大場の言葉に、舌打ちしてから、

「文句はいいから、すぐ、車内放送してくれないか」

「約束だから、やりますが、どうも、あなたの心配は、わけがわかりませんね」

と、大場は、いった。

車内放送が、行なわれた。

〈旅行責任者の楠木かおり様、急用ができましたので、至急、最後尾のパノラマラウンジカーにお戻りください〉

このアナウンスが、二回、三回と、繰り返された。

3

車内放送は、七両の全車両に、聞こえたはずである。

コンパートメントの中でも聞こえるようになっている。

三沢は、腕時計を見ていた。

一分、二分と、たっていく。だが、楠木かおりは、戻って来ない。

大津駅を通過した。

あと二十分足らずで、京都である。

「おかしいじゃないか」

と、三沢は、パノラマラウンジカーの中で、いらいらしながら、歩き廻った。

大場も、やっと、心配そうな表情になって、

「どこに行かれたんですかね？」

「コンパートメントを、片《かた》っ端《ぱし》から調べてみようじゃないか」

と、三沢は、いった。

「しかし、そんなことをしたら、大さわぎになってしまいますよ」

「じゃあ、4号車だけでも、調べてみようじゃないか」

三沢は、また、パノラマラウンジカーを出て、4号車に向かった。

早苗と、大場が、そのあとから、続いた。

三沢と、4号車に入ると、まず、5号室のドアをノックした。

今度は、中から返事があって、二十七、八の男が、顔を出した。

男は、通路にいる三沢たち三人を、見廻した。

「何ですか?」

「君の名前は?」

と、ききながら、三沢は、室内をのぞいた。

若い女が、こちらに、背を向けて、夏物のカーディガンを羽織《はお》ろうとしていた。クーラーがきき過ぎて、寒いのかもしれない。

「羽賀です。向こうにいるのは、家内ですが、何かあったんですか?」

と、男は、首をかしげた。

三沢に代わって、今度は、大場が、

「責任者の楠木かおりさんを知っていますね?」

「ええ、東京駅で、あいさつされた方でしょう。美人だから、覚えていますよ」

「米原を出てすぐですが、彼女のことを、ここへ呼びませんでしたか?　用があるといって」

「いや、呼びませんよ」

「しかし、4号車の5号室から、来てくれと電話連絡があったんですよ」

「僕たちは、そんな連絡はしませんよ」

羽賀は、首を振った。

「じゃあ、誰が、楠木部長に来てくれといったんです？」

「僕たちじゃないことだけは、確かですね」

と、羽賀は、いう。

聞いていた三沢は、じれったそうに、大場を押しのけて、羽賀に、

「さっき、君たちは、この部屋にいなかったが、どこにいたんだ？」

と、きいた。

「いつ頃ですか？」

「米原を出たあとだよ」

「それなら、先頭のパノラマ・コンパートメントカーに行っていましたよ。あのパノラマルームは、楽しいですからね」

「君たちは、原田夫婦と一緒だったね？」

「ええ、そうです」

「原田さんは、今、どこにいるんだ？」

三沢がきくと、羽賀は、小さく首を振って、

「知りません」

「しかし、同室じゃないか。知らないというのは、おかしいじゃないか」

「そういわれても、あの人は、ほとんど、この部屋にいませんでしたからねえ。わか

りませんよ」

「最後に会ったのは？」

「そうですねえ。奥さんが、自殺したあとで、通路で会ったら、あれは、殺されたんだから、犯人を見つけるんだって、息まいていましたね。そのあと見かけませんよ」

「君は、彼の奥さんは、自殺したと思っているのかね？　それとも、彼のいうように、殺されたと思っているのかね？」

「そんなことは、わかりませんよ。でも、みんなが、自殺といっているんだから、自殺じゃないんですか？」

羽賀は、首をすくめるようにして、いった。

これでは、らちがあかないと、三沢は、思った。

三沢は、大場を振り返ると、

「とにかく、この4号車だけでも、全部のコンパートメントを調べてみようじゃないか。他のコンパートメントから、呼ばれたのかもしれないからな」

「しかし、きくのは、私がやりますよ。あなたのきき方は、まるで、刑事の訊問みたいですからね」

と、大場は、いった。

三沢の横で、早苗が、クスッと笑った。

4

三沢と早苗、それに、大場の三人は4号車の他の四つのコンパートメントを、一つずつ、調べていった。

声をかけるのは、大場である。

三沢と早苗は、刑事ではないと思わせなければならないので、それを、見守っているより仕方がない。

間もなく、終点の京都に着くというので、どのコンパートメントでも、カップルが、降りる仕度をしていた。

「責任者のあの人は、来ませんでしたよ」

と、彼らは、異口同音に、いった。

どのコンパートメントも、同じだった。

三沢は、不遠慮に、部屋の奥まで、のぞき込んだが、楠木かおりの姿は、なかった。

「いないぞ！」

と、三沢は、大声で、いった。

大場は、眉をひそめて、三沢を睨んだ。

「そんな大声を、出さないでください。何事が起きたかと思うじゃありませんか」

「楠木かおりが、消えたんだ。事件じゃないか」

三沢の声が、ますます、大きくなる。

大場は、いよいよ、苦《にが》りきった顔になって、

「まだ、消えたとは限らんでしょう。他の車両にいるに決まっていますよ。あまり、大げさに、騒がんでください」

「じゃあ、他の車両も、調べてみようじゃないか」

「間もなく、京都に着きます。着けば、いやでも、わかりますから、それまで、待ってください」

「君は、彼女が消えてしまったのに、よく、平然としていられるな」

「消えたとは、思っていませんからね」

大場は、肩をすくめて見せた。

列車が、トンネルに入った。

東山《ひがしやま》トンネルである。抜けると、右手前方に、京都タワーが見えてきた。

出来た当初は、いろいろと批判を浴びた京都タワーだが、恰好《かっこう》の目印になることだけは、確かだろう。

「時間がありません」

と、早苗が、いやに冷静な口調で、三沢にいった。

確かに、あと、五、六分で、この列車は、京都駅に着いてしまう。全ての車両のコンパートメントを調べるだけの時間はなかった。

三沢にも、それは、わかっているのだが、早苗の冷静さが、癪にさわって、

「わかってる!」

と、思わず、怒鳴ってしまった。

そうしている間にも、列車は、ホームに滑《すべ》り込んで行った。

一七時二九分。

京都駅に、列車は、到着した。

七両編成の列車から、乗客が降りて行く。

「確か、八十組のカップルが、招待されていたんでしたね?」

ホームに降りながら、早苗が、大場にきいた。

「そうです」

大場は、生返事《なまへんじ》をしながら、ホームを見廻している。

その眼が、血走ってきていた。

「部長がいませんよ!」

と、大場は、おろおろしながら、三沢と、早苗に、いった。

「だから、よく調べろといったんだ！」

　三沢が、怒鳴った。

「どうしたらいいんですか？」

　大場が、蒼《あお》い顔で、きいた。声が、ふるえている。

「おれにだって、どうしたらいいか、わからんよ」

　三沢が、いい返した。

　早苗は、あくまで冷静に、

「大場さんは、旅行会社の添乗員《てんじょういん》の方と、ホームに降りた皆さんの点呼《てんこ》をしてください」

「消えてしまったのは、うちの部長なんですよ」

「わかっています。とにかく、招待客が、全員、揃《そろ》っているかどうか、調べてください。確か、八十組だから、百六十人。その中《うち》、原田幸子さんが亡くなったから、残りは、百五十九人。それだけ、ちゃんといるかどうか、調べてください。お願いします」

「しかしねえ――」

　と、大場が、何かいいかけるのへ、早苗は、黙って、ハンドバッグから、警察手帳を取り出して、相手に見せた。

「警察——？」

「おれも、刑事だ。いわれたとおりにしたほうがいい」

と、三沢も、いった。

「わかりました」

大場は、蒼い顔で肯くと、ホームにたたずんで、招集を待っている招待客の群れに近づいて行った。

「これから、名前を呼びますから、いたら、返事をしてください！」

5

三沢は、もう一度、列車に戻った。

車掌長が、寄って来て、

「すぐ発車しますから、降りてください」

「発車？　ここが終点でしょうに」

「そうですが、大阪の宮原《みやはら》操車場へ回送します」

「ちょっと待ってくれませんかね」

「何のためにですか？」

車掌長が、不審気《いぶかしげ》に、三沢を見た。

三沢は、警察手帳を、相手に見せた。

「このイベント列車に乗っていた楠木かおりという女性が消えてしまったんです」

「その人なら、確か、ワールド時計の部長さんでしょう？」

「そうです」

「本当に、消えてしまったんですか？」

「そうとしか思えないんです。それでもう一度、車内を、隅から隅まで調べたいんです。その間、発車は、待ってください」

三沢がいうと、車掌長は、ちょっと考えてから、

「それなら、私も、お手伝いします。一緒に、調べましょう」

と、いってくれた。

二人は、1号車から、順番に、調べていった。

コンパートメントを、一つずつ開けて、中を調べる。次は、トイレである。

七両編成なので、全ての車両を調べるのに、さして、時間は、かからなかった。

最後の7号車まで調べても、楠木かおりは見つからなかった。

「もう、発車して、よろしいですか？」

車掌長が、時間を気にしながら、三沢に、きいた。

した。

三沢は、「いいですよ」と、肯くより、仕方がない。

三沢が、ホームに降りると、列車は、ゆっくりと、宮原操車場に向かって、動き出した。

「どうでした？　部長は、見つかりましたか？」

大場が、寄って来て、三沢に、きいた。

「いや、どこにもいなかった」

「参りました。部長は、どこへ消えてしまったんでしょうか？」

大場は、困惑した顔で、三沢にきく。

「おれにだって、わからんよ。そっちは、どうだったんだ？」

「招待客は、一人残らず、ここにいます。八十組百六十人。そのうち、原田幸子が、車内で亡くなっているので、百五十九人が、揃っています」

「犯人を見つけると息まいていた原田も、いるのか？」

「います。相変わらず、奥さんを殺した犯人を見つけるんだと、いっています。しかし、部長がいなくなったのに、なぜ、招待客の人数を調べるんですか？」

「それをいい出したのは、おれじゃない。向こうにいる女刑事だろう。彼女に、きいたらいいだろう」

三沢は、不機嫌に、いった。

上司から、楠木かおりを守るように命令されていながら、むざむざ、後手《ごて》に廻って
しまったことに、腹を立てていた。
大場のほうは、仕方なく、早苗のところに行くと、
「招待客は、一人も欠けていませんが、それが、部長の行方《ゆくえ》不明と、どんな関係があ
るんですか？」
と、きいた。
早苗は、相変わらず、冷静な口調で、
「彼女が、自分から姿を消すということは、考えられないでしょう？」
と、きき返した。
「もちろんです。部長は、この招待旅行の責任者ですからね。それに、ワールド時計
は、経営も順調で、何の心配もないんです」
大場は、胸をそらせた。
「そうだとすると、何者かが、彼女を連れ去ったとしか、考えられません」
「そうです。他には、考えられません」
「それなら、あの列車に、誰が乗っていたか考えてみてください。八十組のカップル、
それに、大場さん。あなたです。あとは、車掌や旅行社の添乗員、それにコンパニオ
ンです。その中で、一番、怪しいのは、八十組の招待客だと思うんです。もし、終点

の京都で、一人か二人いなくなっていたら、その人が、かおりさんを連れ去ったとみていいんじゃないか。そう思ったので、招待客の点呼を、お願いしたんです」

「なるほど」

と、大場は、肯いたが、すぐ、厳しい表情になった。

「亡くなった原田幸子さんを除いて、全員、いました。となると、部長を連れ去った人間は、一人もいなかったことになってしまいますよ」

6

「そうですわ」

「感心されては困りますね。何とかして、部長を見つけてください」

大場が、文句をいった。

ホームに並んでいた招待客が、ぶつぶついい始めた。

「まだ、ここにいるんですか？」

「早く、ホテルへ行って、休ませてくれませんか」

「東京へ電話したいんだけど、構わないか？」

そんな言葉が、彼らの口から、次々に、飛び出してくる。

「皆さんを、ホテルへ連れて行ってください」

と、早苗は、大場に、いった。

「しかし、警察に、部長のことを、いっておかないと」

「それは、私と、三沢刑事が、やります」

「見つけてくれますね？」

「ええ。全力をつくします。会社へは、大場さんが、知らせてください」

と、早苗は、いった。

大場は、招待客に、向かって、

「これから、京都市内のホテルにご案内しますから、私について来てください」

と、言い、先頭に立って、階段をのぼって行った。

ホームには、三沢と早苗の二人が、残された。

「どうなってるんだ？」

三沢は、いまいましげにいい、舌打ちした。

「怒っても仕方がありませんわ。すぐ、東京へ連絡したほうがいいと、思います」

早苗がいうと、三沢は、彼女を、じろりと睨んだ。

「君は、よく、そんな平静でいられるな。われわれが守るようにいわれた楠木かおりが、消えてしまったんだぞ」

「わかっています。私が、連絡しましょうか?」

早苗が、落ち着いた口調で、きいた。

「連絡は、おれがする」

三沢は、ホームの公衆電話で、東京に連絡をとった。

自分を、この旅行に同行させた三上刑事部長に、電話をかけた。

案の定、部長は、いきなり、怒声をあげた。

「君がついていて、何をしてたんだ!」

「充分、注意していたつもりなんですが」

と、三沢は、いうより仕方がなかった。

「注意していたら、誘拐されるはずがないじゃないか。そうだろうが」

「お言葉ですが、まだ、誘拐されたと、決まったわけじゃありません」

「何を、呑気《のんき》なことを、いってるんだ。ひとりでに、消えてしまったとでもいうのかね?」

電話の向こうで、部長が、舌打ちするのがはっきりと聞こえた。

「おかしい、いい方ですが、ひとりで消えてしまったとしか思えんのです」

と、三沢は、いった。

「どうしてだ?」

「誘拐されたとすれば、何者かが、彼女を連れ去ったわけです。一番怪しいのは、今日、この列車に乗った招待客ですが、京都駅で、点呼をとったところ、一人も欠けていません。つまり、楠木かおりを連れ去った人間は、いないことになるんです」

「車掌やコンパニオンは、どうなんだ？」

「全員、欠けていません」

「うーん」

と、今度は、三上部長が、電話の向こうで、唸《うな》り声をあげた。

「引き続き、彼女を見つけ出すように、全力をあげます」

「当たり前だ。私は、向こうの社長から、是非娘を守ってくれと頼まれた。だから、君に行かせた。それが、行方不明になりましたでは、私の面子《メンツ》が立たん。何としてでも、見つけ出すんだ」

「わかりました」

三沢が、渋い顔で、電話を切ると、早苗が、

「私も、連絡していいですか？」

「いいだろう」

と、三沢は、早苗に、いった。

早苗は、十津川警部に、電話をかけ、事情を、くわしく説明した。

「列車に同乗していた招待客の中に、犯人はいないようですが、これは、明らかに、誘拐だと思います」

と、早苗は、いった。

「誘拐だが、犯人は、わからないということだね？」

十津川が、確認するように、きいた。

「それで、私も、三沢刑事も、困惑しています」

「彼とは、上手くやっているかね？」

「三沢刑事ですか？　優秀な方なので、上手くやっていけると、思っています」

「それならいい。これから、そちらでは、何があるんだ？」

「ワールド時計の大場企画課長が、招待客を、市内のホテルへ、連れて行きました。私と、三沢刑事も、あとから、行くつもりです。その前に、京都駅で、楠木かおりさんを、もう一度、探してみます」

「頼むぞ」

と、十津川が、いった。

三沢は、早苗が、電話をすませるのを、いらいらしながら待っていたが、

「彼女が消えたのは、どう考えても、この京都駅だ。彼女を、最後に見た時から、この京都まで、列車は、停車しなかったんだからな。君は、八条口《はちじょうぐち》の方へ出て、彼女

を見た者がいないかどうか、聞き込みをやってくれ。おれは、烏丸口《からすまぐち》の方を、当たってみる」

と、いった。

京都駅の改札口は、北と南の二カ所である。

三沢は、北の烏丸口へ向かって、駈け出した。

第四章　脅迫

1

午後七時十六分。

東京の田園調布《でんえんちょうふ》にある楠木邸の電話が鳴った。

二十年近く、この邸で働いているお手伝いの鈴木清子《すずききよこ》が、受話器を取った。

「もし、もし、楠木でございますが」

「娘のかおりを預かった」

「何ですって？」

「楠木かおりを預かったといっているんだ。また電話する」

「もし、もし。もし、もし」

清子は、呼び続けるが、相手は、とっくに電話を切っていた。

小柄《こがら》な清子は、しばらくの間、受話器をつかんだまま、呆然《ぼうぜん》としていたが、ふいに、バネ仕掛けの人形のように、奥に向かって、駈《か》け出した。

「奥さま！　大変です！　奥さま」

清子の甲高《かんだか》い声が、ひびいて、奥から、楠木昭子《あきこ》が、顔を出した。

五十歳になった昭子は、若造りをしているので、年齢《とし》より若く見えた。

「何ですか？　騒々しいじゃないの」

昭子が、叱《しか》るように、いったが、清子のいうことを聞いて、顔色を変えた。

すぐ、会社にいる夫の楠木に、電話をかけた。

「男の声で、娘のかおりを、預かっていると、いってきたそうです」

と、昭子がいうと、

「本当か？」

「ええ、電話に出たのは、清子ですけど、相手は、また、電話すると、いったそうです」

「実は、さっき京都に行った企画課長の大場から電話があったんだ。かおりが、列車から消えてしまったというんだ」

「消えたなんて、あなた――」

「私にも、わけがわからないから、引き続いて、探せといっておいたんだ」

「誘拐されたのよ。あなた。どうしたらいいんですか?」

昭子は、自然に、声が大きくなった。

「私は、すぐ帰る。だから、警察に、連絡しておきなさい」

「でも、警察に頼むと、娘が、殺されるかもしれませんわ」

「わからないように、連絡するんだ。私は、個人的に、警視庁刑事部長の三上さんを知っているから、この人に電話をしなさい」

と、楠木が、いった。

昭子は、警視庁の三上刑事部長に、電話をした。

昭子が、電話のことを告げると、三上は、男にしては、やや甲高い声で、

「お嬢さんが、行方不明になっていることは、私も、連絡を受けて、心配していたところです。早速、刑事を、そちらに行かせます」

「犯人を刺激しないで頂きたいんですけれど」

「わかっています。エキスパートの刑事をやりますから、ご安心ください」

と、三上部長は、いってくれた。

2

十津川は、本多捜査一課長と、刑事部長室に呼ばれて、脅迫電話のことを知らされた。

部長は、当然、不機嫌だった。

「刑事が二人も、列車に同乗していながら、何ということだ」

と、三上は、本多と十津川を睨《にら》んだ。

（その中の一人は、部長が推薦《すいせん》した三沢刑事ですが――）

と、十津川は、いいたかったが、止《や》めた。

三沢も、捜査一課の人間に違いなかったからである。

「申しわけありません」

本多が、頭を下げた。

「二人とも、列車の中で、眠っていたんじゃないのかね？　最近、捜査一課の連中は、たるんでいるらしいからな」

と、三上は、嫌味をいってから、

「とにかく、何としてでも、楠木さんの娘さんを助け出すんだ。私は、楠木さんに、お嬢さんを守って見せますと、約束したんだ。その手前もある」

「全力をつくします」

と、本多は、いった。

二人は、部長室を出ると、本多が、

「京都のほうは、どんな状態だね？」

と、十津川に、きいた。

「あの二人が、必死になって、京都市内を探しているようですが、まだ、楠木かおりは、見つかっていないようです」

「走行中の列車から、煙のように消えてしまったというのが、どうも、わからないんだがねえ」

「私にも、わかりません」

と、十津川は、正直に、いった。

「まあいい。田園調布の楠木邸には、誰を連れて行くね？」

「人数は、少なくていいと思いますので、亀井刑事と、他に、二人連れて行こうと思っています」

と、十津川はいい、部屋に戻ると、ベテランの亀井刑事、それに、若い日下と、清《し》水《みず》の二人を呼んだ。

テープレコーダー、トランシーバーなどを揃《そろ》え、拳銃も持って、四人は、楠木邸に、急行した。

十津川たちが、着き、テープレコーダーを、居間の電話に接続しているところへ、主人の楠木も、会社から、急ぎ、帰って来た。

楠木は、五十七歳。がっしりした身体つきの男である。

「十津川君。君の見込みは、どうだね？」

と、楠木は、十津川に、きいた。

「見込みといいますと？」

「娘を取り戻せる見込みはあるのかね？」

「いつでも、あると思って、やってますよ」

「どんな金額を要求されても、娘の安全のためなら、支払うつもりでいる。そのことも、頭にいれておいてくれたまえ」

「わかりました。他に、電話があれば、連絡用に借りたいんですが」

「隣りの部屋にあるよ」

「お借りします」

と、十津川は、言い、彼は、その電話で、本多捜査一課長に連絡を取った。

「こちらは、準備を終わって、犯人からの連絡を待っているところです」

「今、京都にいる三沢刑事から連絡があったよ。招待客の一行は、今夜は、京都のGホテルに泊まり、明日一日、市内見物をしたあと、Gホテルにもう一泊し、また、同じ臨時列車で、明後日に帰京するそうだ」

「それで、楠木かおりさんについては、何か手掛かりがつかめたといっていましたか？」

「いや、残念ながら、全く、つかめないでいるらしい」

「大人ひとりが消えたのに、何の痕跡《こんせき》も残っていないというのは、不思議ですね」

「私も、そう思うね」

「今度、三沢刑事か、北原刑事から電話があったら、この電話番号を教えてやってください。連絡用に空《あ》けておきますから」

十津川は、電話番号を、いった。

十津川は、電話を切り、居間に戻った。

二十畳ぐらいある広い居間には、当然ながら、緊張した、重苦しい空気が漂《ただよ》っていた。

十津川は、自分が、意外に冷静なのを感じた。

（ここまでは、今までの誘拐事件と同じだな）

と、思ったからかもしれない。

多少、違うところといえば、いきなり誘拐せず、まず、ワールド時計を脅《おど》しておいて、それを、その効果がないと見て、一人娘を誘拐したことくらいだろう。

電話が鳴った。

亀井が、テープレコーダーのスイッチを入れた。

十津川は、反射的に、時計に眼をやった。

八時三十分。

亀井の合図で、楠木が、受話器を取った。

「楠木だ」

と、堅《かた》い声で、いった。

「明日の午前十時までに、一億円用意しろ」

男の声が、いった。

「何だって？　もう一度、いってくれ」

「一億円だ」

「娘は、無事なのか？」

「また電話する。明日の午前十時までに、一億円だ」

それだけいうと、相手は、電話を切ってしまった。

楠木は、呆然とした顔で、まだ、受話器を握りしめていたが、いまいましげに、がちゃんと、電話を切った。

「犯人の声に、心当たりはありませんか」

と、十津川が、きいた。

「全然、ないね」

楠木は、怒ったような声で、いった。

「一億円、用意できますか？」

「娘の命が、かかっているんだ。明日、銀行が開いたら、駈け廻って、何とか用意する」

と、楠木は、いった。

亀井は、十津川を見て、

「明日の十時というと、十二時間以上ありますね」

「その間に、犯人を見つけられれば、問題はないんだが」

「問題は、いろいろありますね。三沢刑事や、北原刑事からの連絡によれば、臨時列車の中から煙のように、消え失せてしまったといいます。このことからして、不可解です。二人が、何とかして、楠木かおりさんの行方を突き止めてくれればいいと思いますが」

「仲よくやってくれるかね。彼らは」

と、十津川は、いった。

「大丈夫だと思いますが」

亀井は、あいまいないい方をした。

「それにしても、犯人も気が長いね。明日にならなければ、銀行が開かないということもあるだろうが、それにしても、一億円出せといっておいて、その受け取りまで、十二時間も待つというのは、いかにも、気が長いじゃないか」

十津川が、いうと、亀井も、肯《うなず》いた。

「その間に、逮捕されることも考えられるわけですからね。私が犯人なら、誘拐したという最初の電話は、明日になってから掛けますね。そうすれば、われわれ警察も、彼女の家族も、楠木かおりさんが、失踪《しっそう》したのか、誘拐されたのかわからずに、暗《あん》中模索《ちゅうもさく》しているでしょうからね。その点で、この犯人は、アマチュア的なところがあるような気がするんですが」

「その点は、カメさんに同感だが、同時に、シビアな点もあるよ。電話の内容だ。全て、極端に短い言葉ですませている。逆探知に対する用心だろうし、長く話すと、ボロが出るのを警戒しているに違いない。こういうところは、すごくシビアだよ」

「そうですね」

「妙にちぐはぐだ。なぜなのかな？」

3

三沢と、早苗は、Gホテルのツインルームにいた。

三沢のほうは、さっさと、備え付けの寝巻に着がえ、片方のベッドに、腹這《はらば》いになっているが、早苗は、服を着たまま、窓際の椅子《いす》に腰を下ろしていた。

「一部屋しかないんだから、あきらめて着がえたらどうだ？　着がえる時は、眼をつぶってるよ」

三沢は、ベッドに寝転んだまま、早苗に、声をかけた。

早苗は、きちんと、椅子に腰をかけたまま、

「私は、このままのほうが、いいんです」

「僕が、君に、何かすると思うのか？」

三沢が、からかい気味にきくと、早苗は、特徴のある大きな眼で、見返して、

「私に、何かしたいんですか？」

と、きき返した。

質問をした三沢のほうが、逆に、眼をしばたたいて、

「君ねえ」

「何ですか？」

「もっと、女らしい反応を示したらどうかね」

「どんな反応を、私が示したら、ご満足なんですか？」

「普通の女性の反応さ」

「つまり、三沢さんが、親しくしている女性ということですか？」

「君は、必要以上に、僕を警戒しているんじゃないのかね？」

「いいえ」

「じゃあ、早く楽にしたらいい。走り廻って疲れているはずだよ」

と、三沢は、いった。

列車が、京都駅に着いて、楠木かおりの行方不明が、はっきりしたあと、早苗と二人で、京都駅の北と、南の出入口を、走り廻って、聞き込みに行った。

タクシー乗場で、運転手の一人一人に、楠木かおりらしい女性を乗せなかったかと、きいて廻った。

バスや、地下鉄もである。

足が棒のようになったが、結局、何の収穫もなかったのだ。

「服を着たままじゃあ、眠れないだろう？」

と、三沢は、早苗に、いった。

早苗は、微笑して、

「服のまま眠るのは、なれてます。それに、東京では、男の声で、誘拐したといって来てるんです。それを考えたら、服のまま眠るくらい、何ともありませんわ」

「しかしねえ。君、くつろいで、ゆっくり眠っておかないと、明日の捜査に、差しつかえるよ。楠木かおりが、京都で消えたことは確かなんだからね」

「それなら、お先に、どうぞ、寝てください」

「君は、そうやって、朝まで起きているつもりかね？」

「少し考えごとをしてから、眠ります」

「何を考えるんだ？」

「楠木かおりが、どうして、走っている列車の中から消えてしまったのか。誘拐なら、犯人が、彼女を連れ去ったことになるわ。でも、招待された八十組のカップルは、車内で殺された原田幸子さんをのぞいて、一五九人、全員がいました。とすると、いったい誰が、彼女を連れ去ったのか？」

「それに、車内の殺人事件が、楠木かおりのいなくなったことと、関係があるのかどうかもね」

「ええ。もちろん」

「しかし、その問題は、夕食の時、さんざん考えたが、答えが見つからなかったはずだよ」

「ええ。でも、眠る前に、もう一度、考えてみたいんです」

さわやかな顔で、早苗が、いった。

三沢は、肩をすくめて、

「勝手にしたまえ。僕は、寝るよ」

と、いい、ベッドから下りると、備え付けの冷蔵庫から、冷えた缶ビールを一つ取り出して、ベッドに戻った。

「晩酌《ばんしゃく》をしないと、寝られないんでね」

「どうぞ」

早苗は、眼を閉じたまま、いった。

本当に、眠る前に、考えるつもりらしい。

三沢は、やれやれという顔で、缶ビールをのどに流し込んだ。

仰向《あおむ》けに、ベッドに寝る。とたんに、三沢は、大きないびきをかき始めた。

4

どのくらい眠ったのか、三沢が、眼をさますと、早苗は、まだ椅子に腰を下ろして、じっと、考え込んでいる。

三沢は、腕時計に眼をやった。

午前二時に近い。

「まだ、起きているのかね？」

と、三沢は、早苗に、声をかけた。

早苗は、ちらりと、眼を向けて、

「三沢さんは、先に、寝てください」

「後輩の刑事、しかも、女刑事が、起きてるのに、こっちが寝ていられるかね」

「でも、ずいぶん、気持ちよさそうに、眠っていらっしゃいました」

早苗は、クスッと笑った。

三沢は、小さく舌打ちしてから、ベッドの上に、起き上がった。

枕許《まくらもと》の煙草を手に取って、火をつけた。

「何を考えてるんだ？　楠木かおりがどうやって、姿を消したかということかい？」

「それもあります」

「答え、見つかったのか？」

「いいえ。まだ見つかりません。逆に、疑問ばかり、出てくるんです。東京で、脅迫の電話が、かかってきたんですから、これは誘拐事件なんですけど、それにしては、何かおかしいですか」

「何がおかしいんだ？」

「悲鳴が聞こえません。まず、何よりも」

「悲鳴？」

「これは、抽象的な悲鳴のことも、含めてのことなんです」

「やけに、難しいんだな」

「別に、難しくはありません」

「そうかね。それを、抽象的じゃなくて、具体的に、話してもらえないかね」

三沢は、そういって、「あはは」と、笑ったが、早苗は、生真面目《きまじめ》な表情を崩さずに、

「私は、三沢さんほど、事件にぶつかっていませんけど、それぞれの事件には、それぞれに、特別の匂《にお》いがあるでしょう？」

「それは、わかるね」

三沢は、珍しく、早苗に、相槌《あいづち》を打った。

「誘拐事件だと、具体的な悲鳴は、聞こえなくても、事件の中で、誘拐された被害者の悲鳴に似たものが、聞こえてくるものです。特に、今度は、列車の中から、連れ去られたわけでしょう。それなら、車内に、引きちぎられたネックレスが落ちていたり、

誘拐を予感させるようなことがあったりするものだと思うんです」

「今度の事件には、それが、ぜんぜんないというわけかね？」

三沢は、眠気の消えた顔になって、じっと、早苗を見た。

彼女の考えに、同感するところが、あったからである。

それは、早苗のように、生真面目に考えた末ではなくて、三沢の刑事としての経歴からつちかわれた勘だった。

その勘が、何となく、奇妙な誘拐だと思わせるのだ。

「ひょっとすると、それは、あの娘が企《たくら》んだ芝居かもしれないな。そうだとしたら、われわれが、こうやって、考え込むのは、馬鹿みたいなもんだ」

「芝居ですか？」

「ああ、前に一度、そんな事件にぶつかったことがあったんだ。大学生の一人娘が、誘拐されたというんで、飛んで行った。大金持ちの一人娘だった」

「今度の楠木かおりさんと、その点は、似ています」

「それが、娘の芝居だったんだ。大捜査陣を敷いたわれわれは、道化《どうけ》だったよ」

「原因は、何だったんですの？」

早苗は、興味を持ったらしく、大きな眼で、三沢を見た。

「よくある話なのさ」

と、三沢は、肩をすくめて、

「仕事第一主義の父親の気を引きたかったというのさ。わがまま娘の一人芝居に、いいように振り廻されてしまったってわけなんだ。腹が立つより、あの時は、馬鹿らしかったね」

「彼女は、違います」

早苗は、はっきりと、いった。

「彼女って、楠木かおりのことかね？」

「もちろんです」

「どう違うんだ。君の同性としての見方を知りたいね」

「彼女は、女性として、充分に独立しています。父親からも、母親からも」

「しかし、親父《おやじ》のおかげで、部長になっているんだろう。もし、親父が、ワールド時計の社長でなければ、ただの平凡なＯＬだと思うね」

「そういう面はありますけど、彼女は、頭もいいし、独立心も旺盛《おうせい》です。親の七光りがなくても、立派に、今の仕事をやっていける人だと思います」

「女は、同性には厳しいものだと思っていたんだが、君は、例外なのかね。少しばかり、甘いんじゃないかね」

三沢は、ニヤッと笑った。

「甘いですか?」

5

「甘いよ。甘いねえ。彼女が娘じゃなくて、息子だったとしようか。ワールド時計の社長は、自分の跡《あと》取りと思うから、厳しく育てるはずだよ。会社の仕事は全部、覚え込まなければ、社長業は務《つと》まらないから、工員の仕事もやらせるし、雑務だって、させる。有名な私鉄の社長は、息子に、改札係からやらせたといっている。だが、それが、娘となると違ってくるんだ。両親にしても、どうせ、嫁に行ってしまうか、婿《むこ》を取ることになるからと思うから、そんなに厳しくは教育しない。簡単に、部長にさせてしまうんだ。父親だって、娘が、きっちりと、部長の仕事をしてくれるなんて、期待していないんだ。まあ、遊びで、やらせているようなところもある」

「でも、私の眼からは、立派なキャリア・ウーマンに見えましたけど」

「とは、思えないね。美人で、魅力的な女性だがね」

と、三沢は、かおりの顔を思い出しながら、

「今、ちょっと考えたんだがね。こんなケースもあると思うんだ。彼女は、ああいうふうに、魅力のある女性だから、好きな男だって、いるだろうと思う。ところが、そ

の男が、彼女の両親の眼鏡《めがね》にかなわない。こういう立派な娘ほど、碌《ろく》でもない男に、惚《ほ》れるものだからな」

「ええ」

「君だって、変に気取ってると、碌でもない男に引っかかるぞ」

三沢は、本気とも、冗談ともつかぬ調子で、いった。

しかし、早苗のほうは、ニコリともしないで、

「その先を、お聞きしたいですわ」

「彼女が、惚れた男に、両親は、大反対だとすると、彼女が、その男と、示し合わせて、誘拐芝居を企んだことだって、考えられるんじゃないかな」

「全部、芝居ということですか？」

「立派な大人が、消えてしまったのに、悲鳴も、争った痕跡《こんせき》もないんだろう？」

「それが、不思議で仕方がないんです」

「それに、京都で降りた乗客の数は、一人も減っていない」

「ええ、それも、不思議なんです。列車内から、誘拐されたとすると、彼女を、連れ去った人間がいるわけです。当然、その人間は、乗客の中にいるはずだと思うんですけど、京都駅では、一人も、欠けていません。それが、謎です」

「それは、簡単に考えればいいんじゃないかね」

「彼女が、自分の意志で、姿を消したというようにですか？」

「他に、考えようがあるかい？　彼女には、惚れた男がいて、その男と示し合わせて、やったんだと思うね。その男は、だらしのない奴で、金もない。だから、誘拐劇を企み、彼女と、両親から、金を出させる気だったんじゃないかね」

「今度の事件の前に、楠木さんの家に、脅迫状が来てましたけど、あれも、芝居でしょうか？」

「予備行動だろう。芝居を、本物らしく見せるための細工《さいく》だと思うね」

「でも、彼女が、そんなことをするとは、とても、思えません」

早苗は、まだ、納得できないといった顔でいる。

「女は、魔物だよ」

と、三沢が、いった。

早苗は、クスッと笑った。

「それ、三沢さんの実感なんですか？」

「ああ、実感さ。女って奴は、いくらつき合ってもわからない」

「三沢さんでも、女性を、まだ、わかりませんの？」

「男は、単純だからね。美しい女性を見ると、心まで、美しいと思い込んでしまう。ところが、それが違っていると、男は、混乱してしまうんだ。顔が美しくたって、悪い女だっているという単純なことが、男にはわからない」

「本当は、わかって、いるんでしょう？　ただ、認めたくないだけじゃないんですか？」

と、早苗が、いった。

「よく、わかるね」

三沢は、肩をすくめた。

「女だって、そんなところが、ありますわ」

と、早苗も、いった。

「そうかねえ。女は、男に比べると、現実的だから、すぐ、相手の本質を見抜いてしまうんじゃないかな。その点、男は、いつだって、ロマンチックに相手を見ているんだよ。女に、何回欺《だま》されても、本当は、いい女だと、思ってしまう」

「三沢刑事も、そんなふうにロマンチックなんですか？」

早苗は、また、クスッと笑った。

「もちろん、人一倍、ロマンチックだよ。いくら女に欺されても、女は、優しいものだと思いたい。特に、美人で、いい女に対しては、そうさ」

「でも、楠木かおりについては、ひどくさめた眼で、見ていらっしゃるでしょう？　彼女が、自作自演の誘拐劇を演じて見せたに違いないって」

「事件が関係してくると、冷静になるのさ」

と、三沢は、いった。

「私は、どうしても、彼女が、そんな一人芝居をしたとは、思えないんです」

早苗は、がんこに、いった。

「一人でやったが、今もいったように、陰に、男がいる。東京の楠木家に電話してきたのは、その男のほうだと、思ってるんだ」

「もし、三沢刑事の推理どおりなら、彼女のことは、心配しなくてよいことになりますね？」

「まあ、心配はいらないだろう」

「でも、これが、本当の誘拐だったら、大変なことになります。金目当てか、ワールド時計に対する恨《うら》みからかわかりませんけど、誰かが、彼女を、本当に誘拐したんだとしたら――」

「しかしねぇ、北原君。誰かが、彼女を誘拐したのなら、その誰かは、あの列車の乗客か、乗務員の中にいるはずだ。京都駅に着いた時は、消えていたんだから、外から乗り込んで来て、連れ去ったんじゃない。だから、もし、本物の誘拐なら、彼女を連れ去った人間がいて、つまり、乗客か乗務員が、一人か二人、消えていなくてはならない。ところが、乗客は、全員、京都駅のホームにいたんだろう？」

「ええ、それは、調べたから、間違いありません」

「列車の乗務員も、一人も欠けていない。これは、車掌長の証言だから、信用してもいいと思うね。誰もいなくなっていないんだ。それでも、楠木かおりを、誰かが連れ去ったというのかね？」

「そこが、わからないんです」

「いいかね。あの列車の乗務員も、乗客も、誰一人いなくなっていないんだ。楠木かおりだけが消えた。となれば、彼女が、自分で消えたとしか考えられないじゃないか？　違うかね？」

三沢がいうと、早苗は、じっと考え込んでしまったが、

「私は、車内で起きた殺人事件が、どうしても、引っかかるんです」

と、眼を光らせて、いった。

「原田幸子が、殺された事件か」

「ええ。自殺という人もいますけど、私は、これは、殺人だと思います」

「その点は、同感だね。確かに、あれは、自殺なんかじゃない」

と、三沢は、賛成したが、すぐ、それに付け加えて、

「しかし、あの事件は、楠木かおりが消えたことと、関係は、ないだろう。君は、関係があると、思ってるのか？」

「わかりません。でも、気になって、仕方がないんです。なぜ、よりによって、あの列車の中で、一日の間に、殺人と誘拐が、起こったのだろうかと思うと、引っかかるんです」

と、早苗が、いう。

「しかし、どう関係するんだ？　何者かが、楠木かおりの誘拐を計画していたとしよう。そんな人間にとって、事を起こす前に、警察の注意を引くのは、何よりも、避けなければならない。それなのに、車内で、殺人を起こすなんて、考えられんじゃないか」

「原田幸子に、犯人が、話を聞かれたということは、考えられませんか？　それで、口を封じるために、殺したということは、どうですか？」

早苗が、三沢を見た。ちょっと、得意気な眼つきをしている。

三沢は、「うむ」と、小さく、肯いたが、

「あり得るストーリーだね。なかなか、いいところを、突いてくるじゃないか」

「ありがとうございます」

「礼は早いよ。いい線だが、駄目だな」

「なぜ、駄目なんですか？」

「君のいうように、原田幸子が、車内で、犯人の話を聞いたとしよう。すると、犯人は一人でなく、二人以上ということになる。そうだろう?」

「はい」

「また、犯人たちは、乗務員か、乗客の中にいたことになる。乗務員プラス乗客でもいい。いずれにしろ、車内にいたことは、間違いないんだ。原田幸子は、車内で殺されたんだからね。その二人以上の犯人が、多分、京都駅でだろうが、楠木かおりを連れ去ったことになる」

「はい」

「すると、最初の疑問に、立ち戻ってしまうじゃないか。あの列車の中に、二人以上の犯人がいたのなら、彼らは、かおりを連れ去ったわけだから、乗務員か乗客が二人以上、消えてなければいけないだろう。ところが、一人も消えていないんだ。そこを、どう証明するんだね?」

「証明は、できません」

「それじゃあ、殺人事件が、関係しているとはいえなくなってしまうだろう」

「ええ。でも、私は——」

「夜が明けたら、僕は、十津川警部に、自分の考えを伝える。楠木かおりの一人芝居だという推理をね。他に、考えようがないからだ。君はどうだ?」

「私は、証明できませんが、彼女は、誘拐されたと思います」

「では、君の考えも、十津川警部に話したらいい。どちらの考えをとるかは、警部の判断に委《ゆだ》ねよう」

第五章　身代金

1

午前七時に、捜査本部につめていた十津川のところへ、京都にいる三沢から、電話が入った。

その電話をすませたあと、十津川は、亀井に向かって、

「あの二人の意見は、完全に、二つに分かれているらしい」

と、電話の内容を聞かせた。

「北原早苗は、完全な誘拐事件、三沢刑事は、楠木かおりの一人芝居説ですか」

「そうなんだ。カメさんは、どっちに軍配をあげるね？」

十津川が、きいた。

「そうですねえ」

と、亀井は、考えていたが、

「理屈としては、三沢刑事のほうが、納得がいきますね。もし、これが、北原君のいった、完全な誘拐だとすれば、楠木かおりを、連れ去った犯人が、あの列車に、乗っていなければならないわけです。ところが、列車の乗務員も、乗客も、死んだ原田幸子を除けば、一人もいなくなった人は、いないというわけでしょう。そうすると、彼女を、連れ去った人間もいないことになってしまいます」

「だから、楠木かおりの一人芝居というわけかね？」

「そうです。警部は、北原早苗の考えに、賛成されているわけですか？」

「実は、そうなんだ」

「理由は、何ですか」

「二つある。一つは、女性特有の直感というやつを、信じたいからかな。女性の直感力というのは、われわれ男には、想像もできないほど、強力なものでね。それと、北原君もいっている列車内での殺人事件だよ」

「今度の誘拐と、関係があると、お考えですか？」

「同じ列車内で起きた事件だからね。どうも、関係があるんじゃないかと、思うんだよ。カメさんだって、全く無関係とは、考えていないんだろう？」

十津川がきくと、亀井は、苦笑して、

「何か関係がありそうだとは思うんですが、それが、何なのか、見当がつきません」

「誘拐の準備段階として、犯人が同じ列車内で、殺人事件を起こしたとは、考えられないかね？」

「準備段階ですか？」

「そうだよ。例えば、誘拐を考えた犯人が、まず、その邪魔になる人間を殺しておく。考えられないことじゃないだろう？」

「それは、考えられますが、今度の場合は、どうでしょうか。殺されたのは、同じ列車に乗っていた女性客の一人です。私は、会っていませんから、どんな女性なのかわかりませんが、犯人にとって、誘拐の邪魔になったとは、どうも、考えにくいですね。それに、その場合でも、犯人は、乗客や、乗務員の中にいたことになるはずです。その犯人は、京都で、楠木かおりを連れ去ったはずだから、消えていなければならないでしょう？　ところが、三沢刑事も、北原君も、一人も、消えていないと、いっているんです。犯人がいないことになってしまいますよ。警部」

「すると、やはり、楠木かおりの芝居ということになるのかねえ」

十津川は、当惑した表情になった。

彼は、あくまでも、今度の事件は、誘拐だと思っている。北原早苗の考えに、賛成なのだ。

しかし、三沢や、亀井の意見にも、一理あるのは認めざるを得なかった。確かに、もし、誘拐なら、あの列車の乗務員か乗客の中に、楠木かおりを連れ去った人間が、いなければならないのだ。

「君の考えだと、楠木かおりの父親に電話してきた男は、彼女の恋人ということになってくるねえ」

と、十津川は、いった。

「その可能性が、高いと思いますね」

「金の受け渡しのときに、本当か、どうか、わかるかもしれないな」

2

二人は、午前九時には、田園調布の楠木邸に出向いた。

楠木邸には、日下、清水両刑事が、昨夜からつめていた。

犯人が、指定した十時には、一時間ある。

楠木は、一億円の現金を用意していた。

「一人娘なんだ。私は、あの娘《こ》を助けるためなら、いくらだって、払うつもりでいる」

と、楠木は、いった。

一億円の現金は、二つの大型ケースに詰まっていた。全て、一万円札である。

「急いで用意したので、番号を控える時間はなかったよ」

と、楠木は、先廻りするような感じで、十津川に、いった。

「犯人の要求どおり、その一億円を、払うつもりなんですね？」

十津川が、きくと、楠木は、肯いた。

「警察も、娘の命を第一に考えて、行動してもらいたいね。犯人逮捕は、そのあと、ということにしてほしい」

「わかっています。ただ、誘拐事件では、身代金の受け渡しの時が、犯人逮捕の最大のチャンスですから、それは、わかって頂きたいのです。そのチャンスを逸すると、犯人逮捕も、人質の救出も、難しくなります」

「わかってるよ。だからこそ、こうして、君たちに来てもらったんだ。しかし、娘を助けるまでは、絶対に、無用な手出しはしてくれるな。それを、頼んでおく」

「無用な手出しはしません。しかし、必要な行動は、とらせてもらいます」

十津川は、きっぱりと、いった。

「十時になります」

と、横から、亀井が、いった。

十時きっかりに、電話が鳴った。

楠木が、あわてて、受話器を取ろうとするのを、十津川が、止めてから、テープレコーダーのスイッチを入れた。

「落ち着いて、お嬢さんの安否を確認してください」

「──────」

楠木は、黙って肯いてから、受話器を取った。

「一億円は、用意できたか？」

と、男の声が、いった。

聞き覚えがあった。間違いなく、昨日の男だった。

「用意した」

と、楠木は、いった。

「よし、その一億円は車に積め」

「ちょっと待ってくれ。君が、本当に、娘を預かっているという証拠を見せてくれ。声を聞かせてくれ。さもなければ、一億円は払わん」

「警察に、そういえと、いわれたのか？」

「違う。父親として、娘の無事を確認したいだけだ。無事なら、喜んで、一億円は、君にやる。だから、声を聞かせてくれ。私に、話させてくれ」

「彼女は、無事だよ」

「それだけじゃあ、信用できん」

楠木は、いい返した。

急に、男の声が、聞こえなくなった。十津川は、犯人が、電話を切ってしまうのではないかと、一瞬、危ぶんだが、

「わかった」

と、男の声が、聞こえた。

「聞かせてやるが、すぐにはできない」

「そこに、いないのか？」

「また、電話する」

「もし、もし」

楠木が、あわてて、声を大きくしたが、相手は、黙って、電話を切ってしまった。

楠木が、蒼《あお》い顔で、十津川を見た。

「大丈夫です。すぐ、また、電話してきますよ」

と、十津川は、いった。

そうでなければ、困るのだ。

亀井は、電話局に問い合わせたが、相手の電話した場所は、わからなかった。

十分、二十分とたったが、電話は、鳴らなかった。

「本当に、また、電話してくるだろうか？」

楠木は、いらだった声で、十津川に、きいた。

「大丈夫です。犯人だって、金を欲しいんです」

「しかし、なぜ、すぐ、娘の声を聞かせなかったんだろう？　娘は、もう、殺されてしまっているんじゃないのかね？　前に、そんな事件があったじゃないか。犯人が、人質を殺してしまってから、身代金を要求して来たことが」

「犯人にとって、大事な人質です。簡単に、殺すはずがありません」

と、十津川は、いった。

そういいながらも、犯人が、なぜ、すぐ、人質のかおりを、電話口に出さなかったのか、その理由を、あれこれ考えていた。

楠木のいうように、すでに、殺されてしまっていることも、確かに、考えられる。だが、その場合なら、また電話する、とはいわないだろう。

あくまで、金を先に渡せと、要求するのではないだろうか？

となると、理由は、何だろう？

別の場所に、監禁しているということだろうか？

楠木かおりは、京都で誘拐された。まだ、京都から、東京に連れて来ていないのだろうか？

十一時になって、電話が鳴った。

「娘の声を聞かせてやる」

と、同じ男が、いった。

3

「娘は、無事なんだな？」

楠木が、きいた。

相手は、うるさそうに、

「黙って聞け」

と、いった。

電話に、急に、若い女の声が聞こえた。

「かおりです。眼隠しされているので、今、どこにいるのかわかりません。パパは、いうとおりにしてください。お願いです」

「おい、無事なのか？」

楠木が、大声を出したが、すぐ、前の男に代わってしまった。

「これで、金を払う気になったか？」

「娘と、話をさせてくれ」

「駄目だ。これから、金の受け渡しについて指示する」

「その前に、娘と話させてくれ」

「おれは、お前の要求をきいて、娘の声を聞かせてやった。これ以上、要求すれば、交渉を打ち切るぞ」

男の声が、急に、甲高くなった。

楠木は、あわてて、「わかった」と、いった。

「どうすれば、いいんだ？」

「一億円を、二つの黒いスーツケースに詰め、車に積め。自動車電話のついているお前の車だ。必ず、ひとりで乗ること。警察の尾行はつけないこと。それを守れば、次の指示を与える」

「そのあとは？」

「すぐに乗れ」

男は、電話を切った。

楠木は、ふうっと、息を吐いてから、

「私は、すぐ、車に乗る」

「電話のついた車をお持ちなんですか？」

「ああ、持ってるよ。白いベンツだ」

「電話番号を教えてください」

「妙な細工をするんじゃあるまいね？」

「大丈夫です」

と、十津川は、いった。

楠木は、自動車電話のナンバーを、メモに書いて、十津川に渡してから、両手に、一億円の入ったケースを持って、立ち上がった。

「本当に、ひとりで、行かれるんですか？」

亀井が、きいた。

「犯人は、私が、車に乗るのを、見張っているかもしれんじゃないか。だから、私は、ひとりで乗る。それから、警察の車は、尾行しないでほしい。わかったら、金を渡す前に、娘が殺されてしまう」

「しかし、あなたが、単独で行動するのは、一番危険ですよ」

「娘が、無事に戻るまでは、私は、犯人のいうとおりに、動きたいんだ」

楠木は、語気を荒らげて、いった。

亀井が、なおも、何かいおうとするのを、十津川が、おさえて、

「わかりました。われわれは、遠くから、見守っていることにします」

と、楠木に、いった。

楠木は、スーツケースを下げて、部屋を出て行った。

「尾行しないんですか？」

亀井が、十津川に、きく。

「いや、尾行はするさ。すぐ、指示を出してくれ。ただ、距離を保ち、しばらくは、見守るんだ。誰が、楠木に近づいてくるかを、見守るようにいってくれ」

「わかりました」

亀井は、部屋の電話を使って覆面パトカーに指示を与えた。

十津川は、他の部屋の電話を使い、電話局に、連絡をとった。

楠木のベンツについている自動車電話は、中継局を通すからである。

窓から、楠木の乗った白いベンツが、ゆっくりと、出て行くのが見えた。
五、六分してから、十津川と、亀井の二人も、部屋を出ると、階下《した》に停《と》めておいた覆面パトカーに乗り込んだ。
日下、清水両刑事は、念のため楠木邸に待機させた。

他の覆面パトカーから、無線電話による連絡が、次々に、入ってくる。

——現在、問題のナンバーの白いベンツは、自由《じゆう》が丘《おか》方面に向かっています。

「君たちの他に、尾行している車はないか？」

「——ないようです。

「あまり近づくなよ」

「——わかりました。今、自由が丘です。今度は、等々力《とどろき》方面に向かっています。

「われわれも、そちらへ行く」

と、十津川は、いった。

亀井は、アクセルを踏みつけ、スピードをあげた。

二十分後に、十津川たちの覆面パトカーは、楠木の乗っているベンツが、見える位置に出た。

尾行していた他のパトカーは、十津川たちに、道をゆずった。

代わって、十津川たちの車が、尾行に当たることになった。

適当な間隔《かんかく》を置いて、尾行を続ける。

二子玉川園《ふたこたまがわえん》の近くへ来て、ベンツが、停まった。

十津川たちも、車を、道路の端に寄せて、停めた。

ベンツのドアが開き、ケースを下げた楠木が降りるのが見える。

「どうやら、犯人から、指示があったようですね」

と、亀井が、いった。

二つのスーツケースを下げた楠木は、ゆっくりした足取りで、二、三メートル離れたところに駐車している車のところへ歩いて行く。

白いブルーバードだった。

楠木は、その車に乗り込んだ。

彼は、運転席に坐り、エンジンをかけて、走り出した。

犯人が、乗りかえるように、指示して来たのだろう。

十津川は、そのブルーバードのナンバーを、各パトカーに連絡した。

「多分、盗難車だろうがね」

と、十津川は、いった。

二人の車は、今度は、ブルーバードの尾行に移ることになった。

楠木の運転するブルーバードは、駒沢《こまざわ》公園の方向に向かって、走っている。

4

楠木の運転するブルーバードは、走り続けている。

すでに、一時間近い。

「どうも、おかしいぞ」

と、十津川は、声を出して、いった。

「一定の場所を、ぐるぐる廻っていますね」

亀井が、いった。

十津川は、無線電話を取ると、

「電話局へ、問いあわせてくれ。楠木さんの自動車電話に、どこからか、掛かって来たかどうかだ。時刻は、十二時頃だ」

と、いった。
七、八分して、回答があった。
「楠木さんの自動車電話には、どこからも、電話は、掛かっていません」

「本当だろうね？」

「電話局では、どこからも、掛からなかったといっています」

「了解した」

と、十津川は、いった。

「どういうことなんですか？」

亀井が、首をかしげて、十津川を見た。

「われわれは、一杯《か》くわされたかもしれんぞ」

十津川は、唇を噛んだ。

眼の前の白いブルーバードは、いぜんとして、走り続けている。

「楠木さんが、われわれを欺したということですか？」

信じられないという顔で、亀井が、きいた。

「いや、そうじゃない。犯人は、自動車電話のついたベンツに、楠木さんが乗るように指示した。当然、自動車電話で、次の移動を指示してくるものと考えてしまった。だから、楠木さんが、ベンツを停め、白いブルーバードに乗りかえた時は、犯人が、電話で、指示してきたものと思ったんだが、電話は、掛かっていないんだ」

「すると、犯人は、どうやって、楠木さんに指示を？」

「犯人は、最初から、車の中に隠れていたか、指示を書いたメモを、置いておいたんだろう。あのブルーバードを、捕まえるんだ」

「いいんですか？」

「早くしてくれ」

十津川は、珍しく、いらだちを見せて、いった。

亀井が、アクセルを踏みつけ、加速された覆面パトカーは、タイヤをきしませながら、先行するブルーバードの前に廻った。

ブルーバードが、急ブレーキをかけた。

亀井も車を停めた。

十津川は、車から飛び出すと、うしろに止まっているブルーバードに向かって、駈《か》け出した。亀井も、その後に、続いた。

楠木が、運転席で、呆然《ぼうぜん》としている。

十津川は、ドアを開けると、楠木を無視して、助手席に置いてあるスーツケースに手をかけ、引きずり出した。

拳銃の台尻で、カギを叩《たた》きこわし、蓋《ふた》を開けた。

一万円札が、詰まっているはずなのに、そこにあったのは、古雑誌の束《たば》だった。

「やっぱりだ」

十津川は、溜息《ためいき》をついた。

「どういうことなんですか？　これは」

亀井が、眉を寄せて、運転席にいる楠木を見すえた。

「仕方がなかったんだ」

「どう仕方がなかったんですか？」

「ベンツに乗って、走り出してから、このメモが、置いてあるのに、気がついた」

楠木は、二つに折りたたんだ紙片を亀井に、渡した。

〈黙って、二子玉川園に向かって走らせろ。そこに、白いブルーバードが停めてあるから乗りかえること。その時、座席の下にあるスーツケースを持って出て、一億円入りのスーツケースは、置いていけ。ブルーバードに乗り込んだあとは、こちらの指示があるまで、二子玉川園周辺をゆっくり走らせること。警察には連絡するな。もし、連絡すれば、娘を殺す〉

「そのメモに、この指輪が、つけてあったんだ」

楠木は、手を伸ばし、ダイヤの指輪を、十津川に、渡した。

「お嬢さんのものですか？」

「そうだ。私が、去年の誕生日に、買ってやったものだ。わかってほしい。私は、娘を助けたかったんだ。だから、そのメモに従った」

「一億円入りのスーツケースは、ベンツに置いてきたんですね？」

「そうだ」

と、楠木は肯いた。

「警部。すぐ、他のパトカーを、急行させましょう」

亀井が、いった。

十津川は、肩をすくめて、

「もう、間に合わんよ。われわれが、このブルーバードに、注意を移したのが、いけなかったんだ」

と、いった。

それでも、亀井は、無線電話で、他のパトカーを、二子玉川園近くに停まっている楠木のベンツに、向かわせた。

その返事は、二十分ほどして、無線電話でもたらされた。

「ベンツの中には、何もありません」

と、若い西本《にしもと》刑事が、連絡してきた。

「やられたね」

十津川が、小声で、亀井に、いった。

5

一億円は、まんまと、犯人の手に奪い取られてしまった。

犯人の指示どおりに動いた楠木を、怒ることはできない。

自分の買い与えた指輪と、そのメモを見ては、犯人の指示に従うより、仕方がなかったろう。

問題は、これから、どうなるかということだった。

警察としては、犯人逮捕に、全力をつくすことは、もちろんだが、身代金を手にした犯人の出方だった。

楠木は、一億円を支払ったから、犯人は、娘のかおりを返してくれるかもしれないと、期待しているようだが、そんなに、上手くいくものだろうか？

犯人が、何か連絡してくるかもしれぬということで、楠木を、自宅へ帰し、日下たちに、掛かって来た電話を、録音させることにして、十津川と、亀井は、いったん、警視庁に戻った。

事態が変化したので、これからの捜査方針を、考えるためだった。

捜査会議には、本多一課長と、三上刑事部長も、出席した。

十津川が、まず、一億円が奪われた経過を説明した。

「二つのミスが重なって、犯人にしてやられました。一つは、犯人が、自動車電話で、指示してくるものと、われわれが、勝手に思い込み、楠木さんが、ベンツからブルーバードに乗りかえた時、一億円を持って移動したと思い込んでしまったことです。第二は、楠木さんが、われわれに、何の連絡もしてくれなかったことです。しかし、楠木さんの、娘の安否を気遣う気持ちを考えると、責めることはできません」

「犯人は、人質を解放すると思うかね？」

三上刑事部長が、これ以上ないという顔で、十津川に、きいた。

「正直いって、わかりません」

「君。楠木さんの娘が、誘拐されるかもしれないから、警護するように、私は、指示しておいたはずだ。それなのに、まんまと誘拐されたうえ、一億円の身代金まで奪われるというのは、大失態だよ。それなのに、人質が、帰って来るかどうかのメドも立たんのかね？」

三上は、甲高い声を出し、十津川を睨《にら》んだ。

「確かに、われわれの失態は、認めなければなりません。臨時特急『京都号』から、楠木かおりさんが消えてしまい、一億円の身代金を奪われてしまったことは、事実ですから。しかし、しかし――」

「しかし、何だね？」

「あの列車に同乗した三沢と、北原の二人の刑事から報告が来ましたが、その中で、三沢刑事は、この誘拐は、芝居じゃないかと、いっているのです。三沢刑事は、部長が推薦されて、警護の任務についた優秀な刑事です。全く、でたらめを、いってきたとも、思えません」

十津川は、別に、皮肉のつもりでいったのではなかったが、三上部長は、顔を赤くして睨んだ。

「君も芝居だと思うのかね？」

「三沢刑事が、いうことにも、一理あると思っているだけです」

「どういうことだね？　それは」

「列車から、楠木かおりさんが、消えてしまったことは、事実です。しかし、一方、三沢刑事の話では、彼女を連れて行ったと思われる犯人は、存在しないことになってしまうのです」

と、十津川は、いった。

「だから、これは、誘拐じゃないというのかね？」

「三沢刑事は、彼女が、ひとりで姿を消したんだといってきています。彼女には、恋人がいるが、恐らく、彼女の両親が、二人の交際に反対しているのだろう。だから、芝居を打ったのではないかと、三沢刑事は、考えています」

「君も、賛成なのか？」

「わかりません」

「なぜ、わからん？」

「三沢刑事と同行した北原刑事は、芝居とは見ていません。間違いなく、これは、誘拐だと、いって来ています」

「女は、こういう大きな事件には、向かないもんだ。もし、三沢君の考えが、当たっているとすると、一億円の身代金を奪ったのは、楠木かおりさんの恋人ということになるんだろう？」

「そうです」

「それなら、直《ただ》ちに、彼女の恋人を見つけ出したまえ」

「そうします」

十津川は、肯いた。

6

十津川と、亀井は、楠木邸に行き、楠木に会った。

「犯人から、身代金を受け取ったという連絡は、まだこないんだ」

と、楠木は、蒼い顔で、十津川に、いった。

「そのうちに、あると思いますよ」

と十津川は、なぐさめてから、

「かおりさんは、年頃だし、美人ですから、当然、恋人がいたと思いますが」

「こんな時に、そんな話かね？」

「ひょっとすると、かおりさんの恋人が、この事件に関係しているかもしれないと思うので、おききしているのです」

十津川がいうと、楠木は、眼を光らせて、

「あの男が、誘拐に、手を貸したのか？」

「誰ですか？　その男というのは」

「つまらん男だよ。何の才能も、財産もないくせに、娘と結婚したいというから、殴りつけてやったことがある。あの男が、それを根に持って、娘を誘拐したのか？」

「それを、調べたいと思っているんです。名前と、住所を教えてください」

「ちょっと待ってくれ。娘から、あいつの名刺を貰《もら》ったはずだ。屑籠《くずかご》に入っているかもしれん」

楠木は、応接室を出ていくと、五、六分して、二つに折れた名刺を持ってきた。

〈スタジオ85　君原洋介《きみはらようすけ》〉

と、書かれた名刺である。住所と、電話番号も、記入されていた。

「デザイナーか、何かですか？」

亀井が、名刺を見ながら、楠木に、きいた。

「自分では、カメラマンだといっていたが、どうせ、売れんカメラマンだ。そんな男に、一人娘をやれるかね？」

「とにかく、その君原という男を探してみます」

と、十津川は、いった。

十津川は、名刺にあった電話番号に、連絡をとってみた。

すでに、夜も更《ふ》けているので、誰もいないのではないかと思ったが、男の声が、電話口に出た。

「スタジオ85ですが」

と、眠そうな声で、いう。

「君原洋介さんは、そちらの人間ですね？」

「そうですが、あなたは？」

「友人です。至急、会って知らせなければならないことがあるんですが、連絡をとれませんか？」

「君原は、ここ一週間、出て来ていないんですよ」

「じゃあ、こちらで、彼の住所に行ってみます。住所と、電話番号を教えてください」

「いいですけど、彼は、いないと思いますよ。こちらでも、用があるんで、昨日から、電話してるんですが、出ないんですよ」

と、相手はいい、それでも、住所と、電話番号を、教えてくれた。

十津川は、そのナンバーに、電話してみたが、誰も、出なかった。

住所は、中野《なかの》近くのマンションになっている。

「行ってみよう」

と、十津川は、亀井を、誘った。

パトカーで、夜の街を、中野に向かった。

「君原という男が、今度の事件に関係していると、思われますか？」

亀井は、ハンドルを握りながら、十津川に、問いかけた。

「わからないね。こうやって、走っていても、解決に近づいているのか、それとも、逆に、事件とは無関係な方向に走っているのか、見当がつかないよ」

十津川は、正直に、いった。

三沢刑事が、報告してきたように、この誘拐事件が、楠木かおりと、恋人の君原が組んでの芝居なら、確実に、解決に近づこうとしている。

しかし、北原早苗がいうように、これが、本当の誘拐なら、楠木かおりの恋人を訪ねても、何の収穫もないだろう。

中野駅から、二百メートルほど北に、問題のマンションがあった。

階下の郵便ボックスに、「君原」の名前があるのを確かめてから、五階に上がった。

五〇九号室が、君原洋介の部屋である。

ドアについている郵便受けに、新聞が、溜《た》まっていた。

ベルを押したが、応答はない。

十津川たちは、管理人に、マスターキーで、ドアを開けてもらった。

中は、真っ暗だった。

亀井が、明かりをつけた。

若い男の部屋らしく、乱雑である。下着が、ひとかたまりに、部屋の隅に置いてあったりする。

壁には、楠木かおりの大きな写真が、パネルにして、かけてある。

(恋人も、消えてしまったのだろうか？　それとも、楠木かおりと組んで、二人で、一芝居打ったのだろうか？)

十津川は、ぐるりと、この部屋を見廻した。

第六章　帰りの旅

1

押入れを、改造して、現像ができるようになっていた。

開けると、現像液やフィルムの匂《にお》いがした。

「どこにも、いませんね」

バスルームをのぞいてから、亀井が十津川に、いった。

「スタジオ85では、一週間前から、出て来ていないと、いっていたねえ」

「ドアの郵便受けには、丁度、一週間ほど前の新聞から、突っ込んでありましたよ。ここ二、三日は、留守だと思って、新聞配達も、入れるのを、やめていたようですが」

「三沢刑事が、報告してきたように、この君原が、楠木かおりと組んで、一芝居打ったんだろうか？　楠木かおりの父親を相手にだ」

「もし、そうだとすると、彼女が殺される心配だけは、なくなりますね」

と、亀井が、いった。

確かに、そのとおりには違いないのだが、これが恋人同士の仕組んだ芝居だという証拠もない。

「とにかく、君原という男の行方をつかみたいね。このまま、彼の行方がわからないと、楠木かおりの失踪《しっそう》に関係していると考えざるを得なくなるんだが」

十津川がいい、二人は、改めて、室内を調べてみることにした。

カメラマンだから、当然、何台ものカメラが、見つかった。中には、何十万もするようなカメラもある。

君原が写した写真を、二人で、一枚ずつ見てみた。

厖大《ぼうだい》な数である。

何でも撮《と》るらしく、風景写真もあれば、ヌード写真もあった。

楠木かおりの写真は、多分、プライベートに、撮ったものだろう。

十津川には、君原のカメラマンとしての腕が、どの程度のものか、わからない。しかし、君原という名前を、あまり聞いていないし、この部屋の感じを見れば、だいたいの想像はつく。

一億円の金は、欲しかったろう。楠木かおりと、一緒になるためにも、欲しかったはずである。

「警部。ちょっと見てください」

亀井が、十津川を、呼んだ。

百枚ばかりの写真の束だった。

亀井が、それを、一枚ずつ、前に並べていった。

国鉄のサロンエクスプレスの写真だった。

〈サン電気「神戸号」〉

と書かれたトレインマークがついているところを見ると、今度のワールド時計の「京都号」のように、サン電気が、お得意を招待した時のものだろう。

東京駅の出発の光景から始まって、途中の車内風景、神戸に着いてからの操作などが、克明《こくめい》に、写してある。

パノラマラウンジカーでのカラオケ大会、コンパートメントカーでの歓談風景もある。

「どうやら、君原は、サロンエクスプレスについて、よく知っていたようだね」

十津川は、写真を見ながら、いった。

東京駅から、乗り込んで、神戸に着くまで、写真を撮りまくったのだろう。

つまり、あの列車について、君原は、よく知っていたということである。

「今度の事件に、君原が、一枚嚙《か》んでいる可能性が、ますます、強くなりましたね」

亀井が、十津川に、いう。

「つまり、楠木かおりと、二人で組んだ芝居ということになるんだが、そうだとすると、二人は、どんなふうに、結末をつけようと、思っているんだろう？」

「だいたいの筋書きは、読めますね。楠木かおりが、突然、犯人たちから解放されたといって、帰宅する。当然、われわれは、犯人たちが、どんな人間だったかを質問します。彼女は、その時、恐らく、恋人の君原とは、正反対の体格の人間だったと、証言するんじゃありませんか。君原は、写真で見ると、瘦《や》せて、長身の男です。となると、背の低い、太った男というんじゃないですかね」

「君原は、旅行に出ていたとでも、いうつもりかね？」

「そうですね。北海道の原野の写真を撮りたくなって、ふらりと、旅に出た。一週間ばかり、北海道を、歩き廻って帰って来た。その間に、誘拐事件が起きたことなど、全く知らなかった。そう証言するんじゃありませんか」

「そして、われわれは、存在しない誘拐犯人を、追いかけることになるわけか」

十津川は、小さく笑ってから、念のために、楠木邸にいる日下刑事に、電話を入れてみた。

「何か、動きがあったか？」

と、十津川が、きくと、日下は、興奮した、甲高い声で、

「今、楠木かおりさんから、父親の楠木氏に電話が入ったところです。楠木氏が、パトカーに乗って、迎えに出ました」

「どこにいたんだ？」

「二子玉川近くの土手の上で、解放されたそうです」

2

十津川は、ほっとしながら、電話を切ったが、複雑な気持ちにもなっていた。

「われわれの予想どおりの展開になってきたよ」

と、十津川は、亀井に、いった。

「二子玉川の土手の上で解放ですか」

亀井も、眉《まゆ》を寄せていた。

「そうらしい。一億円が奪われたと思われる場所の近くだ」

「これで、ますます、狂言誘拐らしくなってきたじゃありませんか」

「父親が、一人娘の結婚に反対した。その反対の主な理由が、男の地位の低さだった。

カメラマンとしては、無名に近く、金もないことだった。そこで娘は、狂言誘拐を計画し、父親から一億円取って、それを、恋人に渡し、その金で、彼を有名カメラマンにしようと考えた。そんなところかね」

「そうですね」

と、亀井が肯いた。

二人は、すぐ、マンションを出ると、田園調布の楠木邸に向かった。

パトカーの中から、無線電話で、連絡をすると、楠木は、娘のかおりを、自宅には連れて帰らず、田園調布駅近くの病院に、入院させたという。

十津川たちも、その病院に向かった。

正木《まさき》病院という大きな総合病院である。

十津川と、亀井が着くと、日下刑事が、先に、来ていた。

「今、面会謝絶です」

と、日下が、小さく、首を振った。

「怪我《けが》でもしているのか？」

十津川が、きいた。

「娘が、心身ともに、衰弱しているといって、楠木さんが、入院させてしまったんです。外傷は、ないようです」

「病室は？」

「三階の特別室です。ここの院長が、楠木さんの主治医だそうですよ」

「すぐに、訊問《じんもん》したいんだがね」

十津川が、いったとき、楠木と、五十五、六歳の医者が、エレベーターから降りて来た。

さすがに、楠木は疲れきった顔をしている。

「お嬢さんはいかがですか？」

と、十津川が、声をかけた。

楠木は、やっと、眼の前に、十津川がいるのに気付いた顔で、

「ああ、君か。娘は無事だったよ。私の判断が正しかったんだ。おとなしく、犯人に、金を与えて、良かったんだよ」

「お嬢さんに、お会いできませんか？」

十津川が、きくと、楠木の横にいた正木院長が、

「今、眠っています」

「起きたら、訊問は、可能ですか？」

「いや、しばらくは、そっとしておいてあげてほしいですね。うわ言をいうほど、精神的に参っていますからね。今も、睡眠薬で眠らせているんです」

「これは誘拐事件です。一刻も早く、彼女から、話を聞かなければならないんです」

「それは、わかりますが、今の彼女の状況では、正確な証言は、得られないと、思いますよ」

「それは、われわれが判断しますよ」

と、十津川は、ぴしゃりと、いってから、また、楠木に向かって、

「お嬢さんは、二子玉川の土手に、いらっしゃったんですか？」

「今、話さなきゃ、いけないのかね？　私も、疲れきっているんだよ」

楠木は、小さく、溜息《ためいき》をついた。

「話して頂きたいですね」

「坐って、話をしよう」

と、楠木は、自分から、待合室の椅子《いす》に、腰を下ろした。

夜の病院は静まり返っている。

「突然、娘から電話が掛かってきた」

と、楠木は、小声で、いった。

「二子玉川にいるといってですか？」

「すぐ、迎えに来てくれといってきたんだ」

「二子玉川からですね？」

「そうだ。土手の上で、解放されたといっていた。そして、駅の近くの公衆電話ボックスから、電話してきたんだ」

「お嬢さんは、そこに、いたんですね？」

「電話ボックスの傍《そば》に、疲れきって、しゃがみ込んでいた。だから、すぐ、この病院に運んだんだ」

「その途中で、お嬢さんは、何かいいませんでしたか？」

3

「一緒に行ったパトカーの人間にきいてもらえばわかるが、ここへ運ばれる間、娘はぐったりとして、一言も口をきかなかったよ。私も、何も、聞かなかったがね」

楠木は、相変わらず、低い声で、話す。それでも、静かなので、はっきりと聞こえた。

「お嬢さんは、出て行かれた時のままでしたか？」

十津川が、きくと、楠木は急に、険しい眼つきになって、

「どういう意味だね？　それは」

「外傷がなかったことは、聞いていますが、持ち物、たとえばハンドバッグが見つか

らないとか、身につけていた高価な品が、なくなっていたとか」

「そういうことか」

と、楠木は、声を和《やわ》らげて、

「娘が無事だったということだけで、胸が一杯で、そんなことまでは、見ていないよ」

「そうでしょうね」

十津川が、肯いた時、パトカーで、同行した西本刑事が、入って来るのが見えた。

十津川は、楠木から離れて、西本刑事のところへ、歩いて行った。

「ご苦労さん」

と、ねぎらってから、

「楠木さんは、娘さんが、ここへ着くまで、何も喋《しゃべ》らなかったといっているんだが、本当かね？」

と、きいた。

「それは、本当です。彼女は、ぐったりしていて、一言も、口をききませんでした。口をきく元気もないという様子でしたね」

西本が、いった。

「服装は、どうだったね？　服が汚れているとか、破れているといったことは、なかったかね？」

「妙な服装をしていましたね」

「妙な？」

「男みたいな恰好《かっこう》でしたよ。白いスニーカーと、スラックス。それに、ジャイアンツのマークの入ったジャンパー、帽子をかぶっていましたね。だから、電話ボックスの横にしゃがんでいるのを見たとき、楠木さんは、最初、自分の娘と、わからなかったみたいですね」

「ふ〜ん」

十津川は、鼻を鳴らした。

そんな恰好をして、楠木かおりが、サロンエクスプレスに、乗ったとは、考えられない。

ワールド時計の部長として、乗ったのだから、ジャイアンツのマークの入ったジャンパーや帽子は身につけたりはしないだろう。

「帽子というのは、野球帽かい？」

と、十津川は、念を押した。

「そうです。ジャイアンツのマークの入った野球帽でした。それに、スラックスも、男ものだったような気がします。ジャンパーは、だぶだぶの感じでした」

「犯人が、着せかえたんだな」

「そう思います」

「わからないな」

と、十津川は、呟《つぶや》いた。

狂言誘拐だとして、そこまで、やるだろうか？

十津川は、病院の電話を借りて、京都のGホテルにいる三沢刑事に連絡をとった。

「一億円の身代金は、取られてしまったが、楠木かおりは、無事に、帰って来たよ」

十津川が、いうと、三沢は、

「それじゃあ、やっぱり、狂言誘拐だったんですよ」

と、いった。

「カメさんも、そういっていたよ」

「大人の人質を、無事に帰すなんてことは、普通の誘拐ではあり得ませんよ。犯人のことを、見ているに違いありませんからね。どう考えても、これは、狂言です」

三沢は、自信満々で、いった。

「楠木かおりは、列車の中では、どんな服装をしていたんだ？　覚えているかね？」

「なかなかシックな服装でしたね。長身だから、よく似合っていましたよ」

「じゃあ、野球帽に、ジャンパー姿じゃあなかったんだな？」

十津川が、きくと、三沢は電話の向こうで、笑った。

「そんな妙な恰好じゃありませんでしたよ」

「やっぱりね」

「そんな恰好で、帰って来たんですか？」

「そうだ」

「じゃあ、着がえたんですね」

「問題は、狂言なら、なぜ、着がえる必要があったかということになる。乗客たちは、今日は、京都見物か？」

「そうです。自由行動で、京都見物を楽しんだようです」

「乗客は、楠木かおりが、いなくなったことをどう思っているんだろう？」

「事件のことは、新聞に出ていませんし、ワールド時計の大場課長が、楠木かおりは、急用が出来て、帰京したと説明したので、別に、混乱は、起きていません」

「そうか」

「明日になって、新聞に出ると、大さわぎになるかもしれません」

「明日の午後、帰って来るんだったね？」

「そうです。同じ列車で三時に着きます」

「原田という男は、どうしているね？　奥さんの仇を討つといっていたんだろう？」

「そうです。夕食の時、ホテルのレストランで会ったら、まだ、犯人がわからないといって、口惜《くや》しがっていましたね」

「彼も、同じ列車で、帰って来るんだろうね？」

「そう思います。彼はあくまでも、乗客の中に、奥さんを殺した犯人がいると、思い込んでいますから」

4

翌二十七日、三沢刑事と、北原早苗の二人が、京都から、戻った。

報告に来た二人を、十津川は、「ご苦労さん」と、迎えた。

「帰りは、どうだったね？」

「同じ編成の臨時列車で、帰りました。もちろん、全員が、乗りました」

と、三沢が、いった。

「全員というと、八十組、百六十人か？　いや、一人亡くなっているから、百五十九人か？」

「そうです。京都行の列車内で、原田幸子という女性が、死亡しています」

「確か、夫の原田一夫が、妻は殺されたのだと、主張しているということだったね？」

「犯人を見つけ出して、仇を討つんだと、息まいていました」

「今も、その気でいるのかね？」

「東京駅で解散したあとも、われわれに向かって、いつか、犯人を見つけ出して、自分の手で、話をつけてやると、息まいているので、心配になったんですが――」

「国鉄と愛知県警は、自殺だといっているようだが、君たちの考えは、どうだね？」

十津川は、二人に、きいた。

三沢は、ちらりと、早苗に眼をやってから、

「北原君も、殺人だと、見ているようです」

「ほう。その理由を、聞きたいね」

と、十津川は、早苗に眼を向けた。

早苗は、色白の顔を、いくらか、紅潮させて、

「これは、三沢刑事にも、いったんですが、原田幸子は、トイレの中で、首を吊《つ》っていました。女というのは、自殺するときは、美しく死にたいものです。もし、自殺するのなら、美しい京都に着いてから、すると思うんです。トイレなんかで、死なずにです」

「なるほどね」

と、十津川は、肯いた。

確かに、自殺の場所として、列車のトイレが、ふさわしいとは思えない。

三沢が、八十組百六十人の招待客名簿を、十津川の前に置いた。

「ワールド時計で、コピーして、もらったものです」

と、三沢が、いう。

「帰りの列車の中では、全く、何事も起きなかったのかね？」

「心配しましたが、何事もありませんでした。誘拐事件のことは、新聞、テレビが、おさえていたので、招待客の中に、動揺はありませんでした――」

「楠木かおりさんが、無事だったというのは、本当ですか？」

早苗が、大きな眼を、十津川に向けて、きいた。

「本当だ。一億円の身代金と引きかえに、無事に帰されたよ。ただ、精神的に参っているようで、すぐには、訊問できないがね」

十津川がいうと、三沢は、首をかしげて、

「どうも、妙な誘拐事件ですね」

「人質が、無事に解放されたからかね？」

「それもあります。成人の人質を殺さずに解放するなんて、めったにありませんからね。それに、誘拐された時の状況も奇妙でした」

「君は、芝居説だったね」

「そうです。問題の列車から、彼女は消えたんですが、もし、連れ去られたのなら、連れ去った人間がいるはずです。ところが、招待客は、一人もいなくなっていないし、車掌や、添乗員、コンパニオンもです。ワールド時計から来ていた大場という企画課長も、ずっと、われわれと一緒にいました。帰りの列車にも、乗っていましたよ。つまり、楠木かおりは、ひとりで、姿を消したことになるんです」

「芝居説だと、彼女が、無事に戻って来た理由も、わかるんじゃないかな？」

「そうですね。ひとり芝居なら、当然、無事に、戻って来ますね」

「君の考えだと、楠木家に、身代金を要求して来た男は、芝居の共犯者ということになるね？」

「彼女の恋人だと思うんですが」

「楠木かおりの恋人は、君原というカメラマンだ。無名に近い男で、なぜか、一週間前から、姿を消している」

「その男と、楠木かおりが、示し合わせて、一芝居打ったんだと思いますね。無名のカメラマンじゃあ、彼女の父親は、二人の結婚に反対だったでしょうから」

「確かに、反対していたね」

「それじゃあ、決まりですよ。二人の結婚に反対する父親への当てつけに、誘拐劇を仕組んだんだと思いますね」

「北原君は、別の意見を持っているようだね？」

と、十津川は、早苗を見た。

5

早苗は、考えながら、自分の意見をいった。

「今度の事件を考えたとき、今の段階で、一番、納得できるのは、三沢刑事のおっしゃっている芝居説です。動機の説明もつきますし、人質の楠木かおりが、無事に戻ったことも、納得できます。でも、どこか、しっくり来ないんです」

「具体的にいうと、どこが、しっくり来ないんだね？」

「私のは、直感みたいなものですけど」

「それでいいさ。私はね、女性の直感力を信じているんだ。神様が、女性に与えた特権みたいなものだからね」

「それほど素晴らしいかどうかわかりませんけど、列車の中で、彼女を見ていて、何時間後かに、誘拐劇を演じる人には、見えませんでした。俳優なら別ですけど、素人が、大変な芝居をやろうとしていたわけでしょう。緊張して、上手くいくかどうか心配で、落ち着けないはずだと思うんです。でも、彼女は、そんなふうには見えませんでした。責任者らしく、てきぱき、仕事をしていました」

「生まれつきの演技者というのもいるよ」

と、三沢が、いった。

「そうかもしれませんけど――」

「それに、彼女が、確かに連れ去られたのなら、その犯人は、どこにいたのかということになる。君は、誰だと思うんだ？　今もいったように、あの列車の乗務員も、招待客も、誰一人、消えていないんだよ。それを、どう説明するんだね？」

三沢は、怒ったような顔で、いった。小癪《こしゃく》なという気持ちなのだろう。

十津川は、笑いながら、

「二人で、張り合っても仕方がないだろう。君たちには、今後も、この事件を、捜査してもらわなければ、ならないんだからね」

と、いった。

三沢のいうとおり、確かに、誘拐事件としては、奇妙なところがある。

人質が解放されたのは、嬉《うれ》しいことだが、犯人が、なぜ、解放したのかが謎である。

人質は、立派な大人なのだ。いろいろと、判断もできる。一昨日、サロンエクスプレスが、京都に着いた時に、誘拐されたとすると、まる一日は、犯人と一緒にいたはずである。それも、京都から東京へ運ばれている。

それなのに、犯人は、人質を解放した。

人質を解放しても、自分が捕まらないという自信があるのだろうか？

それとも、三沢のいうとおり、今度の事件は、楠木かおりと、恋人の君原が仕組んだ芝居なのだろうか？

どちらなのか、楠木かおりの訊問ができるようになれば、判断ができるだろう。

翌朝、十津川は、亀井を連れて、楠木かおりの入院している田園調布の正木病院に出かけた。

病院には、楠木が、いた。どうやら、昨夜も、ずっと、この病院にいたらしく、眼が赤かった。

「まだ、かおりさんから、話を聞けませんか？」

と、十津川は楠木に、きいた。

「もう少し、そっとしておいて、やってくれないかね。できれば、このまま、ハワイにでも連れて行ってやって、ゆっくり、静養させたいんだ」

「そのお気持ちはわかりますが、これは、誘拐事件で、われわれとしては、犯人を逮捕しなければならないのです。そのカギを握っているのは、お嬢さんです。お会いして、話を聞かなければなりません」

「それはわかるがね――」

「新聞記者も、嗅《か》ぎつけて、押しかけて来ますよ。その前に、お嬢さんから、話を聞きたいのです」

「事件のことを、新聞に話したのかね？」

「いや。話していません。しかし、記者もプロですから、遠からず、嗅ぎつけて、ここにも、押しかけて来ますよ。そうなると、記者は容赦《ようしゃ》ありませんからね。病室だって、入り込んでいくと思います」

十津川は、ちょっと、脅かした。

楠木は、蒼《あお》い顔になった。

「それは困る」

「われわれが、お嬢さんから話を聞いていれば、新聞記者たちに、説明できますが、それが駄目ですと、勝手に、当人に聞いてくれと、いわざるを得ないですね」

「ちょっと待ってくれ。今、娘の様子を見てくる」

楠木は、あわてて、病室を見に、階段を上がって行った。
二、三分して、戻って来た。
「医者が、短い時間ならいいだろうと、いっているよ」

「では、会わせてください」

十津川と亀井は、楠木について、三階の病室へ上がって行った。

三階の特別個室に、楠木かおりは、収容されていた。突然の場合でも、個室に入院できるのは、楠木の力なのだろう。

十津川と、亀井は、楠木や、医者に、席を外《はず》してもらった。

楠木かおりは、ベッドの上に起き上がって、十津川たちを見つめた。

「寝ていらっしゃっていいですよ」

と、十津川は、いった。

だが、かおりは、顔を、弱々しく左右に振って、

「いいんです」

「われわれは、あなたを誘拐した犯人を捕まえたいと思っています」

十津川が、いうと、かおりは、

「それが、あなた方のお仕事でしょう？」

「そうです。だから、時には、不愉快と思われることも、おききしなければなりません。あなたは、サロンエクスプレス『京都号』の車内から誘拐された。そうですね？」

「ええ」

「誘拐された時の模様を、くわしく話してくれませんか」

「それが――」

「どうなんですか？」

「よく覚えていないんです」

「まだ三日しかたっていないのに、覚えていないんですか？」

十津川は、つい、非難するような眼になってしまった。

「本当に、覚えていないんです」

と、かおりは、頑固《がんこ》に、いった。

「そこが、よくわからないんですがね。最初から、順を追って話してください。あなたは、責任者として、サロンエクスプレスに乗り込んだ。そうでしたね？」

「ええ」

「車内で、招待客の一人が、トイレで死んでいたのは、覚えていますか？」

「ええ。それは、自殺らしいということでしたけど」

「そのあと、列車が、終点の京都に近づいた。あなたが、誘拐されたのは、京都でと思うのですよ。何か、思い出しませんか？　誰かが、あなたを、連れ去ったんです」

「4号車に呼ばれて――」

かおりは、宙に眼を泳がせた。

「4号車ですか？」

「私は、最後尾のパノラマカーにいたんです。そうしたら、車内電話で、4号車の5号室に呼ばれました」

「それで、4号車へ行ったんですね？」

「ええ」

「それから？」

「4号車だったか、その前の車両だったか覚えていないんですけど、突然、背後《うしろ》から、クロロフォルムの匂いのする布《きれ》で、鼻と口をふさがれて――」

「気を失ってしまった？」

「ええ。そのあとのことは、全く、覚えていないんです」

「気がついたら、どうなっていました？」

「目隠しをされて、車に乗せられていました」

「どんな車か、わかりませんか？」

「ええ。気がつくと、また、クロロフォルムを嗅がされて」

「あなたは、その車で、京都から、東京まで運ばれたんだと思いますね」

と、十津川は、いってから、

「あなたは、楠木社長と電話で話していますが、その時は、どうでした？」

「突然、起こされて……。でも、目隠しされていたので、何も見ていないんです。しゃべり終わったら、すぐ、また、クロロフォルムを嗅《かが》がされて……」

「あなたは、発見されたとき、電話ボックスの横に、屈み込んでいた。それは、覚えていますか?」

「ええ。ぼんやりとですけど」

「車から降ろされたのは、覚えていますか?」

「いいえ」

「すると、気がついたら、二子玉川の土手にいたんですか?」

「ええ。それから、父に電話しました」

「犯人について、どんなことでもいいんですが、覚えていることは、ありませんか?」

「申しわけないんですが、全然、覚えていません」

かおりは、疲れた顔で、いった。

「カメラマンの君原さんは、知っていますね?」

と、今度は、亀井が、質問した。

「ええ。知っています」

「彼が、一週間前から行方不明なんです」

「本当に？」

「ええ。どこにいるか、ご存じじゃありませんか？」

「知りませんわ」

「しかし、君原さんは、あなたの恋人でしょう？」

「親しくはしていますけど、恋人とまでは――」

「最後に、彼と会ったのは、いつですか？」

「新宿で食事をしたんです。あれは、十日ほど前だったと思います」

「その後、会っていませんか？」

「ええ。私のほうは、会社の旅行のことで、忙しかったし――」

「発見された時、あなたは、ジャイアンツのマークの入った帽子をかぶり、ジャンパーを着ていた。もちろん、その服装で、サロンエクスプレスに、乗っていたわけじゃないでしょう？」

「ええ。もちろん」

「着がえさせられたのは、覚えていますか？」

「いいえ。ぜんぜん、覚えていないんです」

「弱りましたね。肝心《かんじん》のことを、覚えていないんじゃあ」

亀井は、肩をすくめた。

「申しわけありません」

と、かおりが、小声で、いった。

医者が入って来て、もう、患者を休ませてくださいと、十津川たちに、いった。

二人は病室を出た。

「楠木かおりは、嘘《うそ》をついてるんじゃないですかね」

と、亀井が、眉をひそめて、十津川を見た。

第七章　第三の事件

1

新聞が事件を嗅《か》ぎつけて、警察に、記者会見を要求してきた。

本多捜査一課長と、十津川が、その会見に応じた。

ワールド時計の社長の娘が誘拐されたということで、記者会見場には、テレビまで、カメラを持ち込んだ。

本多が、事件の概略《がいりゃく》を説明した。

イベント列車の中から、楠木かおりが、誘拐されたこと。父親によって、一億円の身代金が用意されたこと、その身代金が、奪われたが、人質のかおりは、解放されたことを、話した。

人質が助かったというところで、集まった記者たちの口から、一斉《いっせい》に、どよめきが生まれた。

明らかに、意外だという驚きの声に違いなかった。

次に、十津川が、質問に応じることになったが、最初の質問は、やはり、楠木かおりが、解放されたことに、集中した。

「なぜ、犯人は、人質を解放したと思いますか？」

「こんなことは、珍しいんじゃありませんか？」

「当然、楠木かおりには、訊問《じんもん》したんでしょうね？」

そんな質問が、次々に、飛び出してきた。

十津川は、まとめて答えた。

「犯人が、なぜ、人質の楠木かおりを、解放したのか、今のところ不明です。彼女には会って、簡単な訊問はしました。それでわかったことは、本多課長が、申しあげたように、彼女は、犯人に、イベント列車から誘拐されたとき、クロロフォルムを嗅がされて、意識を失っていたので、何も覚えていないこと、二子玉川の土手の上で、突然、車から降ろされたこと。これだけです」

「本当に、彼女は、犯人を知らないんですか？」

「知らないといっています。顔も見ていないと」

「今、彼女は、どこの病院に、入っているんですか？」

「それは、いえません。心身ともに衰弱していて、われわれも、充分に、訊問できずにいるわけです」

「われわれは、探しますよ」

「それは、自由です」

「彼女のボーイフレンドは、何ていいましたかね？」

「君原というカメラマンです」

「その君原は、今、どこにいるんです？」

「行方《ゆくえ》不明です」

　十津川がいうと、また、記者たちが、

「ほう」

　と、声をあげた。

「このボーイフレンドが、事件に関係しているとは、考えられませんか？」

　と、記者の一人が質問した。

「わかりません」

「問題の列車の中で、乗客の一人が、死んだということですが、そのことと、誘拐事件と、どこかで関係しているということは、ないんですか？」

「今のところ、何ともいえません」

「今度の誘拐は、当人の楠木かおりが、ボーイフレンドと示し合わせた芝居という線はどうですか？」

「わかりませんね」

「何をきいてもわからないじゃ、記事にならないなあ」

と舌打ちする記者もいた。

十津川は笑って、

「われわれとしては、正直にいっているだけですよ。今の段階では、どんな断定も、危険ですからね」

「今の段階では、ボーイフレンドの君原洋介が、一番怪しいと、思っているんじゃありませんか？」

記者が、食いさがってきた。

「いや。そんなことは、考えていませんよ」

「じゃあ、なぜ、行方不明なんです？　おかしいじゃありませんか」

「彼は、カメラマンです。事件のことは知らずに、どこかに、写真を撮りに行っているのかもしれませんよ」

十津川は、とぼけて、いった。

2

記者たちには、あいまいな返事ですませてしまったが、捜査のほうは、あいまいでは、すまされない。

楠木かおりの恋人、カメラマンの君原の行方は、いぜんとして、つかめなかった。

（君原まで、何者かに誘拐されたのだろうか？）

と、考えたりもしたが、この線は、なさそうだった。

君原を誘拐する理由が、わからないからである。

君原は、プロのカメラマンといっても、まだ駈《か》け出しである。資産家の家に生まれたわけでもない。彼を誘拐しても、多額の身代金を要求できるわけではない。

彼を誘拐して、恋人の楠木かおりから、身代金を出させようと、犯人が、考えているとも思えなかった。

楠木家も、一人娘のためには、一億円を出したが、君原のためには、まず、出さないだろう。

それに、もう一度、楠木家から、身代金をゆすりとるつもりなら、君原を誘拐するより、かおりを、解放せずに、また、楠木家を、ゆすればいいのだ。

臨時特急「京都号」の招待客の一人一人からの事情聴取は翌二十九日も、引き続き行なわれた。

これには、三沢と、早苗の二人も、コンビを組んで、当たっていた。

どの男女も、楠木かおりが、誘拐されたことなど、訪れた刑事の話を聞くまで、全く知らなかったようだ。

聞き込みの途中、新聞が、一斉に、事件を、報道した。

テレビも、ニュースで流した。

それで、初めて、事件を知ったという招待客が、ほとんどである。

三沢と、早苗の二人は、失望を重ねながら、次に、原田一夫に、会いに行った。

ワールド時計から渡された招待客名簿によれば、原田一夫の自宅は、目蒲《めかま》線の洗足《せんぞく》駅近くのマンションである。

七階建てのマンションだった。

昼を過ぎているが、暑さは、いっこうに、消えていない。

太陽が、頭の上で、ぎらついている。

「ひと雨欲しいね」

三沢は、マンションの玄関を入りながら、肩をすくめるようにして、いった。

入口に並んでいる郵便箱で、原田の名前が、二〇三号室と確かめてから、二人は、階段をあがって行った。

二〇三号室のドアの横に、「原田一夫、幸子」と、並べて書いた紙が、貼《は》ってある。

三沢が、ベルを押したが、返事は、なかった。

もう一度、押してみたが、応答がないのは、同じだった。

「留守かな」

と、三沢が呟《つぶや》いたとき、隣りのドアが開いて、赤ん坊を抱いた三十二、三歳の女が、顔を出した。

「原田さんは、お留守のようですよ」

と、彼女が、いった。

「いつからですか？」

三沢がきいた。

「ここ、四日ほど、ずっと、いらっしゃらないみたいですけど」

「それ、間違いありませんか？」

と、いう。

三沢は、重ねて、きいてみた。

「ええ。回覧板があるんで、時々、ベルを押してみるんですけど、ずっと、いらっしゃいませんから」

「そうですか」

と、三沢は、いった。

礼をいって、階段を降りた。

「原田一夫は、京都から帰ったあと、ここへ戻らなかったみたいだね」

と、三沢は、外に出てから、マンションの二階を、振り返るように見た。

「ここに帰らずに、相変わらず、奥さんを殺した犯人を探しているんでしょうか？」

早苗は、大きい眼で、三沢を見た。

「犯人を探すって、どこへ行ってだい？　彼は、同じ招待客の中に、犯人がいるみたいなことを、いってたじゃないか」

「ええ」

「それなら、招待客の一人一人に、もう一度、会うはずだろう。しかし、僕たちが、他の招待客を歩いて廻ってみたが、誰一人として、原田一夫が訪ねて来たとは、いってなかったじゃないか」

「そうでしたわ」

「君原洋介みたいに、原田一夫も、消えちまったのかね」

「二〇三号室を、調べてみます？」

「それは、やめておこう。まだ、原田一夫が消えたと決まったわけじゃないからね。

不法侵入になりかねない。令状も、とりにくいだろう」

と、三沢は、いってから、

「それにしても、妙な事件だな。犯人が、絶対に解放しないだろうと思われた人質の楠木かおりが、無事に帰ったと思うと、彼女の恋人の君原や、被害者の夫の原田一夫が、行方不明になってしまうんだから」

「二人とも、どこかで、誘拐事件につながっているように思います」

「君は、まだ、本当の誘拐事件だと、信じているのかね？」

「はい」

「どうも、頑固だねえ。あまり頑固だと、可愛い女にはなれないよ」

三沢は、意地悪くいったが、早苗は、クスッと笑った。

「三沢刑事は、今でも、今度の事件は、お芝居と思っていらっしゃるんですか？」

「もちろんさ。芝居と考えれば、納得がいくことが多いからね」

「私と同じように、頑固ですわ」

「男は、別に、可愛くなくてもいいからね」

と、三沢は、いった。

二人は、捜査本部に戻ると、三沢が、十津川に、報告した。

十津川は、眉《まゆ》を寄せて、

「原田一夫も、姿を消してしまったのかね」

「妙な事件です」

「君は、なぜ、原田一夫が、姿を消したと思うんだね？」

と、十津川は、きいた。

「正直にいって、わかりません。奥さんの仇《かたき》を討つのなら、別に、姿を消す必要はないわけですから。それで、或いはと、思うんですが」

「何だい？」

「ひょっとして、自殺したのではないかと考えましたが」

「愛する奥さんが死んでしまって、生きる張り合いがなくなってかね？」

「そうです。仇を討ちたくても、どこにいるのかわからず、その点でも、がっくりきたんじゃありませんかね」

「自殺か――」

「感情の激しい男のようでしたから、極端な行動に走ったとしても、不思議はないと思います」

「そうだね。北原君は、どう思う？　自殺の可能性はあると思うかね？」

十津川が、早苗にきいた。

「はい。自殺したということも、充分に考えられると、思います」

早苗が、いった。

十津川は、笑って、

「珍しく、二人の意見が一致したじゃないか。君たちは、いつも、張り合ってるんだとばかり思っていたがね」

「そんなことは、ありません」

三沢が、照れて、頭をかいた時、それを救うように近くの電話が鳴った。

三沢は、手を伸ばして、受話器をつかんだ。

「こちら、築地《つきじ》署ですが、原田一夫という男のことを、そちらで、お調べじゃないかと、思いましてね」

と、相手が、いった。

「いや、参考人として、話を聞きたいと思っているだけです。原田一夫が、どうかしたんですか？」

三沢がきくと、十津川たちの眼が、彼に集まった。

「昨夜、晴海埠頭《はるみふとう》から、車が一台、飛び込んだという知らせがありましてね。一時間ほど前に、やっと引き揚げたんです。車内に、二十七、八歳の男が一人、死んでいましてね」

「それが、原田一夫さんですか？」

思わず、三沢の声が、大きくなった。

「ポケットに、運転免許証が入っていましてね。それによると、原田一夫になっているんです。今日の新聞によると、楠木かおりの誘拐事件に関係して、原田一夫の名前も出ていたと思って、連絡したんです」

「わかりました」

と、三沢は、いった。

十津川に、いうと、すぐ、

「君と北原君とで、確認に行って来たまえ」

と、いわれた。

三沢と、早苗は、パトカーを、築地署に向かって走らせた。

（やっぱり、自殺していたのか――）

と、三沢は、思う。

「やっぱりだったね」

三沢がいうと、早苗は、

「はい」

「君は、原田一夫の死が、今度の誘拐事件と、関係があると思うかね？」

「わかりません。もし、関係があるとすると、奥さんの原田幸子が、あの列車の中で死んだことも、関係してくると思いますけど」

「しかしねえ。あの誘拐が、僕の考えるように、芝居だったとすれば、関係も何もないことになるよ」

三沢は、頑固に、いった。

築地署に着いた。

引き揚げられた車も、死体も、晴海埠頭から、築地署に、運ばれて来ていた。

電話をくれた岩村《いわむら》刑事が、二人を迎えて、まず、車を見せてくれた。

白いカローラだった。

「原田一夫の車ですか？」

三沢がきくと、岩村は、

「書類が見つからないので、今、陸運局に、誰の車か、調べてもらっているところです」

と、いい、死体のところへ、案内してくれた。

死体は、毛布にくるまれていた。

「これから、大学病院に運んで、解剖を頼むことになっています」

と、岩村がいう。

「他殺の可能性もあるわけですか？」

「何ともいえません。外傷があるんですが、落ちるときに、ハンドルにぶつけてできたものかもしれません」

岩村は、慎重にいってから、毛布をとって、死体を見せてくれた。

三沢は、じっと、死体を見つめていたが、思わず、早苗と、顔を見合わせてしまった。

「これは原田一夫じゃありませんよ。全く別人です」

と、三沢は、肩をすくませた。

「しかし、所持していた運転免許証には、原田一夫となっていますがねぇ」

「じゃあ、同名異人ということでしょう。少なくとも、こちらで探している原田一夫じゃないですね」

「運転免許証にある住所は、目黒区洗足一丁目のマンションの二〇三号室になっていますがね」

「え？」

三沢は、思わず、岩村を振り返った。

「それは、本当ですか？」

3

「運転免許証の写真は、遺体の顔と、一致していましたか？」

早苗が、岩村にきいた。

岩村は、変な顔をして、

「それは、当然でしょう。死んだ人間の免許証でしたよ」

「おかしいです」

「何がですか？」

「私たちが探していた原田一夫も、その住所に住んでいるはずだったんです」

と、早苗は、いった。

「しかし、顔は、違うんでしょう？」

「ええ」

「どういうことなんですか？」

今度は、岩村が、早苗と、三沢に、きいた。

「だんだん、わかってきました」

と、早苗が、いった。

「何がわかったんだ？」

三沢が、きく。

「事実を、そのまま受け取れば、どちらかが、ニセモノだということです。その免許証は、偽造されたものじゃないんですか？　例えば、写真だけ、貼りかえてあるというようなことは、ありませんか？」

と、早苗は、三沢から、岩村に、視線を移した。

岩村は、肩をすくめた。

「そんなことは、ありませんよ。第一、なぜそんなことをするんですか？」

「それなら、私たちが知っている原田一夫が、ニセモノだということになるんです」

「そのホンモノ、ニセモノというのが、よくわかりませんが」

「それはいいんです」

と、三沢が、いった。

岩村は、変な顔をしている。

三沢は、早苗を、廊下へ引っ張って行った。

「君には、どうなっているのか、わかるかね？」

「どういうことでしょうか？　私たちが、あの列車の中で会った男は、原田一夫本人ではなかったことは、わかりましたけど」

「全体のことだよ。『京都号』の中では、原田一夫の奥さんが、トイレで死んでいた。国鉄も、向こうの警察も、自殺だといっているが、それは、いい。問題は、彼女が、ホンモノだったかどうかだ。われわれの見た原田一夫がニセモノだったとすると、あの女も、ニセモノだった可能性が、出て来たんじゃないか。それを、いってるんだ」

「はい」

と、早苗は、素直に、肯いた。

「もし、夫婦ともニセモノだとすると、これは、どういうことになるのか、それを、考えてるんだ」

「私には、わかりません」

「そうだろうね、君には。直感力は、男より優《すぐ》れていると思うが、事件が複雑になってくると、推理は、働かなくなってくるからね」

「三沢さんの仲のいい女性たちは、みんなそうなんですか？　直感力は素晴らしいけど、推理力は、駄目だという――」

「女性一般のことをいってるんだ。君の推理力が、当てにならんとすると、僕一人で、この謎を解かなければならないのかね。君も、手伝うぐらいはしたまえよ」

三沢は、気分をよくして、いった。

早苗は、微笑して、

「もちろん、お手伝いはします」

「それなら、僕が、考えるから、君は、適当に、相槌《あいづち》を打ちたまえ」

「それで、いいんですか？」

「それでいいさ」

と、三沢は、いってから、じっと、考え込んだ。

事件は、明らかに、新しい面を見せようとしているのだ。問題は、それを、どう解釈するかだと、三沢は、思った。

4

「もう一度、洗足へ行ってみよう」

と、三沢が、いった。

「原田一夫のマンションですね」

「そうだ。今度は、部屋の中を調べてみる」

「それがいいと思います」

と、早苗も、賛成した。

二人は、再び、パトカーを、洗足の原田一夫のマンションに走らせた。

今度は、すぐ、管理人に、会った。

ねずみ色の作業衣を着た中年の管理人だった。

三沢は、築地署で借りてきた原田一夫の免許証を見せた。

「二〇三号室の原田一夫さんは、この男かね？」

「そうです。この方ですよ」

と、管理人は、免許証の写真を見て、肯いた。

「では、二〇三号室を開けてくれないか」

「原田さんが、どうかなさったんですか？」

「車ごと、晴海の海に落ちて死んだんだ」

「本当ですか？」

「本当だよ。だから、すぐ、部屋を見たいんだ」

「スペアキーを預かっていたはずなんですが」

と、管理人はいい、キーを見つけて、二人を、二〇三号室へ連れて行った。

ドアが開くと、三沢と、早苗は、部屋に入った。

カーテンが閉まっていて、中は、薄暗い。

それに、むっとする暑さである。

三沢は、靴を脱いで、あがると、電気をつけ、ついでに、壁のクーラーのスイッチを入れた。

モーターが、うなり声をあげ、ひんやりした空気が、流れて来た。モーターがうるさいのは、クーラーが、古いのだろう。

2DKの細長い部屋である。

三沢は、一番奥の六畳に入って行った。

洋服ダンスや、三面鏡、テレビなどが、所狭しと、並べてあった。

三面鏡の引出しや、洋服ダンスの引出しを開け、三沢は、そこから、手紙や、写真などを、取り出した。

それを、畳の上に並べていった。

写真には、カップルで写っているものも、何枚かあった。

男は、築地署で見た死体と同じ顔だった。

女のほうは、列車のトイレで、死んでいた女である。

「死んだ女は、ホンモノの原田幸子だったんだよ」

と、三沢は、早苗に、いった。

次に、手紙の束を、一通ずつ、見ていった。

今度の事件を匂《にお》わせるような文面の手紙は一通もなかった。

それでも、七十通近くはあった。三沢は、それを、早苗に渡して、

「どこかおかしいんだが、君にわかるかな?」

と、やや、得意気に、きいた。

早苗は、黙って、一通ずつ、丁寧に見ていったが、

「奥さんの原田幸子宛《あて》のが、一通もありません。今年の年賀状も、原田一夫宛だけです」

「君も、それに、気がついたか」

と、三沢は、ちょっと拍子抜けした顔になって、

「それは、どう解釈するね?」

「夫婦じゃなくて、同棲《どうせい》しただけということではないでしょうか?」

「まず、そんなところだろうね。君も、なかなか、的確に、推理するじゃないか」

「ありがとうございます」

「管理人さん」

と、三沢は、玄関のところに、神妙な顔で立っている管理人に、眼をやった。

「原田さんは、何をやっていた人だね?」

「なんでも、大手町に本社のある鉄鋼関係の会社に勤めていたようですが、最近、やめたと、おっしゃっていましたよ」

「やめた?」

「ええ。会社が面白くないから、やめたんだと」

「このマンションは賃貸かな？」

「そうです。部屋代は、この部屋で、月八万五千円です」

「きちんと、払っていたかな？」

「ええ。今月分も、頂いています」

「どんな人だったね？」

「そうですねえ。愛想のいい人でしたけど、噂《うわさ》では、ギャンブル好きとか。日曜日なんか、よく、競馬や、競輪に行ってたようですよ」

「奥さんのほうは？」

「奥さんとは、あまり話をしたことがないんです。物静かな人でしたね」

「原田さんは、夫婦だといっていたの？」

「ええ。違うんですか？」

「いや。そんなことは、いっていないよ」

と、三沢は、いった。

5

三沢と早苗は、念のために、区役所へ寄ってみたが、想像したとおり、原田一夫は、戸籍上、独身だった。

同棲中だったのである。

それも、彼女宛の手紙がなかったところをみれば、その期間も、あまり長くはないだろうと、三沢は、思った。

三沢たちの報告は、十津川を、当惑させると同時に、興味を抱かせたようだった。

「面白いね」

と、十津川が、いう。

三沢は、首を振って、

「面白いというより、奇怪というべきだと思います」

「ほう、どう奇怪なんだ？」

十津川は、光る眼で、三沢を見た。

「考えてもみてください。原田一夫と幸子は、ワールド時計の『京都号』に、応募して、当選しました。ここまでは、どうということはありません。奇怪なのは、列車に乗ってからです。原田幸子、といっても、正式に結婚していませんから、別の姓でしょう。それで、ただ幸子といっておきますが、彼女は、列車が、沼津を出てから、夫が消えてしまったといって、騒ぎました。われわれも、車掌も、沼津で、駅弁を買いにホームに降りて、乗りおくれたんだろうと、いったんですがね。その幸子が、今度は、トイレで、首を吊った形で、死んでしまいました。私と、北原君は、他殺の可能性もあると思いましたが、国鉄側も、愛知県警も、自殺と、考えているようです。消えた原田一夫は、浜松で乗ってきて、やはり、沼津で、駅弁を買いにホームに降りて、乗りおくれてしまったのだ、といいました。原田は、幸子が死んだことを知らされると、家内は、殺されたに決まっているから、犯人を見つけ出して、家内の仇を討つのだと、息まきました。よほど、奥さんを愛していたに違いないと思ったんですが、驚いたことに、この原田一夫は、ニセモノだったんです。こんな奇怪なことは、ありませんよ」

三沢は、奇怪を繰り返した。

十津川は、煙草を取り出して、火をつけ、ゆっくりと煙を吐き出してから、

「確かに、奇怪だが、それが、楠木かおりの誘拐と、関係があると、思うかね？」

と、きいた。

「じつは、洗足から帰って来る途中も、そのことを考えていました。しかし、ニセモ

ノの原田一夫は、最初から最後まで、われわれと一緒にいました。これは、北原君も知っています。つまり、この男には、楠木かおりを誘拐するチャンスは、なかったわけです」

「北原刑事は、どう思うかね？」

十津川は、早苗にきいた。

「北原君も、同じはずです」

と、三沢が、いった。

「どうだね？」

十津川が、重ねて、早苗にきいた。

早苗は、三沢に眼をやってから、

「個人的な意見になりますが、構いませんか？」

「構わないさ。君には、君の意見があるはずだ。それを、聞きたいね」

と、十津川が、促した。

「ニセモノの原田一夫自身が、楠木かおりを誘拐したとは、思いません。三沢刑事のいわれたように、彼は、ずっと、私たちと一緒にいましたから、彼女を誘拐するチャンスは、なかったと思います」

「そこは、三沢君と、同じ考えのわけだね？」

「はい」

「続けなさい」

「原田一夫のニセモノは、直接、誘拐はしませんでしたが、犯人が、どうやって、楠木かおりを誘拐したか、わかったような気がします」

と、早苗は、いった。

三沢が、びっくりした顔で、早苗を見ていた。

十津川は、微笑した。

「それを、ぜひ、聞きたいね」

「今度の誘拐の最大の謎は、犯人が、いなくて、人質の楠木かおりが、ひとりで、姿を消したように見えるところです」

「だから、僕は、この誘拐は、楠木かおりが、恋人の君原と組んで、一芝居打ったと、考えているんですが」

と、三沢が、口を挟んだ。

十津川は、三沢に、肯いて見せてから、また、早苗に向かって、

「そういえば、君は、楠木かおりの芝居ではなく、犯人がいて、誘拐されたんだと、主張していたね」

「はい」

「誰が、彼女を誘拐したか、わかったということかね？」

「前には、犯人の見当がつきませんでした。というより、犯人が、いなかったんです。楠木かおりは、間違いなく、京都駅で、あの列車から、犯人によって、連れ去られました。しかし、招待客も、乗務員も、一人も、いなくなっていないのです。だから、犯人はいないと思い込んでしまったんです」

「だから、あれは、楠木かおりと、君原の芝居だったんだよ」

と、三沢は、頑固にいった。早苗に対して、小癪《こしゃく》なという気持ちもあるらしい。

早苗は、素直に、「はい、わかります」と、いった。

「でも、原田一夫がニセモノだったことがわかりました。その結果、まだ、ひとりですけど、幽霊が見つかりました」

「幽霊が、見つかった？」

「はい。ホンモノの原田一夫です。私は、こんなふうに考えました。東京駅では、ホンモノの原田一夫と、幸子が、『京都号』に、乗り込んだんだ、と思います。そして、沼津駅を過ぎてから、幸子が、夫が消えてしまったと、騒ぎ出しました。みんなは、彼が、沼津で、駅弁を買っていて、乗りおくれたと思い、彼女にも、そういいました。それ以外に、考えようが、ありませんでしたから。でも、ひょっとすると、原田一夫は、その時、消えてなんかいなかった。列車の中にいたのではないかと、思うんです。

浜松で、原田一夫という男が乗り込んできて、沼津で乗りおくれてしまったといった時、私たちは、簡単に信じ込んだんですが、今から考えると、あの時、列車には、一人、余計に乗っていたことになります。ホンモノの原田一夫がです。そして、京都に着いたとき、彼は、消えていました。つまり、彼が、楠木かおりを誘拐したに違いありません」

6

「君の意見は、なかなか、面白いよ」

十津川は、にこにこ笑いながら、早苗にいった。

「ありがとうございます」

と、早苗は、嬉《うれ》しそうに微笑したが、三沢は不満気に、

「私には、いっこうに、面白くありませんね」

「なぜだい？　彼女は、楠木かおりを誘拐した可能性のある人間を見つけ出したんだよ」

「ホンモノの原田一夫ですか。もし、そうだとすると、彼は、なぜ、殺されたんですか？　事故死や自殺とは、思えないでしょう」

「その点は、どうだね？」

　十津川は、早苗を見た。

「殺したのは、多分、ニセの原田一夫と思います。楠木かおりを誘拐する計画には、何人もの人間が、加わっていると思います。原田夫婦、それに、ニセの原田一夫の三人が、少なくとも、参加しているはずです」

「しかし、いろいろと、三沢君ならずとも、疑問が生まれてくるんじゃないかな」

「わかります」

「君には、その証明もついているのかね？」

「完全には、ついていませんが、自分なりに、推理はしてみました」

「それを聞かせてほしいね」

「ある男が、楠木かおりの誘拐を考えました。彼は、ワールド時計が、特別列車で、何組かのカップルを、京都に招待することを知りました。楠木かおりが、責任者として、同行することもです。彼は、その中の一組のカップルに近づきました」

「それが、原田夫婦というわけかね？」

　十津川が、きいた。

「そうです。どんな理由で、犯人が、原田夫婦を選んだかわかりませんが、恐らく、金に困っているとか、ワールド時計に恨みを持っている、といった理由だったのではないかと思います」

「そのあとは？」

十津川は、興味を持って、先を促した。

若い刑事たちの考えを聞くのは、楽しかった。

「犯人は、特別列車から、楠木かおりを誘拐することを、考えました。しかし、同じ列車に乗っていた人間が疑われることは、目に見えています。しかも、その中から、消えた人間が、犯人だと、断定されてしまいます。そこで、犯人は、次のような計画を立てたんです。列車には、前もって、余分な人間が乗っていて、その人間が、楠木かおりを、列車から、連れ出せば、犯人は、わからなくなります。犯人は、それを、狙《ねら》ったんだと思います」

「なるほど」

「しかし、最初から、乗ったのでは、すぐ、見つかってしまいます。東京駅のホームでは、一応、八十組のカップルについて、点検もしますから、それ以外の人間は、入り込めないと思うんです。また、終着の京都駅でも、車内に残っている人がいないかどうか調べますから、どうしても、途中で、乗り込むより仕方がありません」

「しかし、途中で乗り込むと、目立つことになるんじゃないかね？」

「はい。ですから、ちょっとした細工をしたわけです。原田一夫の妻の幸子が、沼津を出たところで、主人がいなくなってしまったと騒ぎ出す。もちろん、原田一夫は、車内のどこかに隠れているか、ちょっとした変装をしたんじゃないかと思います。何しろ、初対面の八十組のカップルですから、原田一夫といっても、はっきりと、顔立ちを知っている人は、いないと思うんです。私や、三沢刑事にしても、そうでした。ただ、八十組の中の一人が、沼津で、乗りおくれてしまったということだけが、頭に残っているわけです。ですから、そのあと、男が、乗って来て、原田一夫だといい、沼津で、駅弁を買っていて、乗りおくれてしまった、といったとき、何の疑いもなく、受け入れてしまったんです。実際には、その時、原田一夫は、車内に二人いたことになるんです」

「ここまでは、私も、君の考えに、賛成だね」

と、十津川は、いった。

「ありがとうございます」

「ただ、肝心の原田幸子が、トイレで死んでしまったが、あれは、どう考えるのかね？」

「それと、犯人ですわ」

「犯人は？」

「ホンモノの原田一夫です」

「夫が、妻を殺したというのかね？」

三沢が、口を挟んだ。

「はい。私は、そう思っています」

7

「理由は？」

三沢が、きいた。

「原田夫婦、それに、ニセモノの原田の三人で、楠木かおりを、誘拐する計画を立てたと思います。ところが、途中で、原田幸子が、怖くなって、やめると、いい出したのではないでしょうか？　夫の原田は、当惑して、とうとう、彼女の首を絞めて、殺してしまったのだと思います」

「ニセモノの原田一夫が、やたらに、騒いだのは、どう解釈するのかね？　県警も、国鉄も、自殺だといっているのに、彼は、なぜ、殺されたといって、騒いだのかね？　むしろ、注目されて、誘拐をしにくくなるんじゃないのかね？」

三沢が、眉を寄せて、きいた。

「その理由は、二つあったと、思います」

早苗は、落ち着いた声で、いった。その怜悧《れいり》な感じが、三沢には、どうにも、小癪に感じられるらしい。

「二つもあれば、立派なものだ。ぜひ聞かせてもらいたいね」

と、三沢が、いう。

十津川は、にやにや笑いながら、そんな三沢を見ていた。

早苗のほうは、相変わらず、冷静な表情をしている。

「一つは、彼が、ニセモノだったからだと思います。ニセモノだから、なおさら、ホンモノの夫婦らしく、振る舞わなければならないと思い込んだんだと思います。夫なら、妻が死んだとき、自殺とは思わず、他殺と考えるのではないか。自殺だといわれて、すぐ肯いてしまっては、怪しまれるのではないか。そう考えて、この男は、他殺だと騒いだんだと思います」

「もう一つの理由は、何かね？」

これは、十津川が、きいた。

「やたらに騒いで、みんなの注意を自分に引きつけておこうとしたのだと思います。その間に、ホンモノの原田一夫が楠木かおりを、連れ去ったんです」

「具体的に、どうやって、連れ去ったと思うね？」

「それは、いずれ、楠木かおりさんが、証言してくれると思いますが、私は、こんなふうに考えました。終着の京都に近くなったとき、楠木かおりさんは、主催者の責任者に来てほしいという、車内電話で呼び出されました。原田一夫は、4号車の5号室のコンパートメントにいました。同室の羽賀夫妻は、不在でした。原田が口実をもうけて、羽賀夫妻に、パノラマカーの展望でもすすめて、留守にさせたのかもしれません。楠木かおりは、無警戒で、入って行き、そこで原田一夫は、クロロフォルムか何かを使って、彼女を気絶させたと思います。そのあと、服を着せ、男のように見せて、京都駅で、降ろしてしまったんだと思います」

「どうだね？　三沢君の感想も、聞きたいね」

と、十津川は、三沢刑事に、眼を向けた。

三沢は、「そうですねえ」と、仔細《しさい》らしく、首をかしげてから、

「一つは説明には、なっていると思います。しかし、不完全です」

「どの辺がだね？」

「ホンモノの原田一夫が、楠木かおりを連れ去ったのだとすると、彼が、今度の誘拐事件で、主役を務めたような気がします。その男が、なぜ、殺されたりしたんでしょうか？　しかも、一億円は、行方不明です」

「一億円は、ニセモノの原田一夫が、持ち去ったんじゃないのかな？」

「それ以外には、考えられませんが、ニセモノの原田一夫は、京都で、他のカップル

と、行動を共にしていたんです。とすると、一億円を奪ったのは、ホンモノの原田一夫ということになります。誘拐も完了し、一億円も手に入れた原田一夫は、どう考えても、リーダー格です。その男が、簡単に殺されてしまったというのが、どうにも、納得できないのです。それに、楠木かおりの恋人の君原が、どう関係してくるのかも、説明できていません」

三沢は、肩をすくめるようにしていい、ちらりと、早苗を見た。

十津川も、彼女を見て、

「君原のことは、どう説明するのかね？」

「彼のことは、全く、わかりません。どこにいるのか、今度の事件に、関係しているのか、いないのかも、わかりません」

早苗は、正直にいった。

「他にも、わからないことがあるんじゃないのかね？」

三沢が、意地の悪い、いい方をした。

「はい。なぜ、犯人が、楠木かおりを返して寄越《よこ》したのかも、わかりません」

と、早苗が、いう。

三沢は、そうだろうという顔で、

「今度の事件が、楠木かおりと、君原が、示し合わせて打った芝居と考えれば、説明がつきますよ。警部。君原が、姿を消している理由も、楠木かおりが、無事に返された理由もです」

と、いった。

8

どうも、三沢と、北原早苗は、なかなか、しっくりいきそうにない。

だが、十津川は、面白いコンビだという眼で、二人を見て、原田一夫と、幸子の夫婦のことを、調べてくるようにいった。

二人が出かけたあと、亀井が、苦笑しながら、

「どうなってるんですかね、あの二人は」

「三沢刑事にしてみたら、頭の切れる北原刑事が、癪《しゃく》にさわるんだろう」

「男の沽券《こけん》というわけですか」

「まあね。私だって、カメさんだって、古い男の体質を、どこかに持っているからね。彼を笑えんよ」

「私も、頭のいい女というのは、どうも、苦手ですな」

と、亀井は、苦笑してから、

「それにしても北原刑事の推理は、かなりのものですね。彼女が男だったら、コンビを組みたいと思いますよ」

「カメさん。そんなことをいっていると、男女差別だといって、叱《しか》られるよ」

十津川は、笑った。

もちろん、亀井が、差別意識を持っているとは、思っていない。ただ、女性が苦手なのだ。

十津川は、続けて、

「彼女の推理は、なかなか面白いが、一つだけ、疑問があるんだよ」

「どこですか？」

「彼女は、ニセモノの原田一夫が、原田夫婦を誘ったと考えているようだがね。私は、それは、逆だと思うんだよ。そのほうが、説得力がある」

「原田夫婦が、誘ったんですか？」

「そうだよ。原田夫婦、というより、正式に結婚していなかったから、ただのカップルといったほうがいいだろう。ワールド時計の招待客に選ばれ、京都行きの列車に、楠木かおりが、乗ると知って、二人で誘拐計画を立てたんじゃないかと思う。そして、相棒を探したんだ。多分、原田の友人か何かだろうと思うね、原田一夫のニセモノになった男は。こう考えたほうが、納得ができるんじゃないかな？」

十津川がいうと、亀井は「そうですね」と肯いた。

「ある男が、誘拐計画を立てて、ワールド時計の招待客の中から、適当なカップルを探したと考えるのより、警部がいわれたほうが、スムーズだと思います」

「その他は、だいたい、北原君の推理で、いいと思うんだ。原田幸子は、急に、怖くなって、誘拐に反対したので殺されたと思うし、原田一夫を殺したのは、ニセモノだとも思う」

「問題は、そのニセモノが、今、どこにいるかということですね。それに、楠木かおりの恋人の行方も、気になります」

と、亀井は、いった。

夜になって、三沢と早苗が、一人の男を連れて、戻って来た。

四十歳ぐらいの小柄な男である。

「原田のマンションを調べていたら、この男がのぞきに来たんです」

と、三沢は、十津川に、いった。

「誰なんだ？」

十津川が、男にきいた。が、男は、黙りこくっている。

「この調子なんです。身体検査をしてみましたが、身元を証明するものは、何も持っていません」

横から、三沢が、舌打ちする感じで、いった。

十津川は、コーヒーを相手にいれてやってから、

「誰か知らないが、捜査に協力してくれないかね」

と、優しく、いった。

男は、眼の前のコーヒーに手を出そうかどうか、迷っている様子だった。

十津川は、角砂糖を、相手の皿の上に、二つのせてやった。

「インスタントだが、飲みたまえ」

と、十津川は、いった。

男は、背広に、コートという恰好《かっこう》だが、どうも、いささか、くたびれている。顔には、不精《ぶしょう》ひげが、眼についた。

男は、角砂糖を落とし、コーヒーを美味《うま》そうに、飲んだ。

「どうだね。協力してくれないか？」

と、十津川は、もう一度、いった。

男は、上目遣《うわめづか》いに、十津川を見る。

「協力したら、金をくれるかね？」

「この野郎！」

と、三沢が息まくのを十津川は、手で制して、

「私のポケットマネーなら、あげられるよ。たいした額じゃないがね」

「ふーん」

と、男は、鼻を鳴らした。

「君は、何を知ってるんだ？」

「そっちは、何を知りたいんだ？」

男は、用心深く、きき返してきた。

十津川は、苦笑しながら、

「原田一夫についてなら、どんなことでもいい。君は、彼のことを、よく知っているのかね？」

「ああ。知ってるさ」

「彼が、死んだことも、知ってるのかね？」

「え？　あいつが、死んだのか？」

男は、びっくりした顔で、きいた。

「ああ、死んだよ」

「そいつは、困ったな。おれは、あいつに、大金を貸してるんだ」

「嘘《うそ》をつけ！」

と、三沢が、男の肩の辺《あた》りを小突《こづ》いた。

「本当だよ。おれは、百万近く、あいつに貸したんだ」

男が、大きな声を出した。

第八章　ピノキオ

1

十津川は、その男に、興味を覚えた。

「君の名前は？」

と、十津川は、きいた。

「名前なんか、どうだっていいだろう？」

男が、面倒くさそうにいう。十津川は、笑って、

「名前もないような人間の言葉を、信じるわけにはいかないからね」

「神林《かんばやし》だよ。神林善吉《ぜんきち》だ」

「何をしているんだね？」

「人に、金を貸してるよ」

「本当かね？」

「それは、本当みたいです」

と、三沢が、受けて、

「身体検査をしたところ、こんな身なりのくせに、三十万円近くも、現金を持っていました」

「おれの金だ」

と、神林は、いった。

「別に、それを、取りゃしないよ。死んだ原田一夫に、百万貸していたというのは、本当なのかね？」

十津川が、念を押した。

「本当だよ。おれの家には、借用証もある。嘘《うそ》だと思うんなら、来て、見たらいいだろう」

神林は、ちょっと、胸をそらせた。

「原田は、百万円借りて、返すあてがあったのかね？」

「口の上手《うま》い男でね。大金が入るというものだから、安心して、待ってたんだ。あれ、本当だったのかね？　もし、本当だったんなら、金を探して、おれに、返してくれよ」

「虫のいいことというな！」

三沢が、叱《しか》りつけた。が、神林は、平気な顔で、

「おれはね、どうしても、百万円取り返さなきゃならないんだ。利息を計算すると、百二十万円になる。大金だよ。あの部屋の品物を売り飛ばしたって、おれは、百二十万円分は、取り返すからね」

「あの部屋の品物は、せいぜい、十二、三万だな」

三沢が、肩をすくめて見せた。

「百万円は、いつ貸したんだ？」

と、十津川が、神林に、きいた。

「六月に、十万円貸した。七月の五、六日頃になったら、あと、九十万円貸してくれってわけだよ。おれは、怒ったよ。十万円も、返せずにいるのに、あと、九十万なんて、何てことというんだってね。そしたら、奴が、こんなことというんだ。あと九十万貸してくれたら、それを、運転資金にして、何千万も、儲《もう》かるんだってね。それで、つい、九十万、貸しちまったんだ」

「カメさん。ワールド時計に、電話してみてくれ」

十津川は、亀井に、小声でいった。

亀井は、すぐ、別の部屋に行き、ワールド時計に、電話を掛けた。

亀井は、戻ってくると、十津川に、

「ワールド時計では、七月一日に、招待するカップルを決め、すぐ通知したそうですから、五日か六日には、原田は、自分たちが、行くことは、わかっていたはずです。それに、その通知には、楠木かおりが、同行することも、書いてあったそうです」

と、報告した。

原田はその時、楠木かおりの誘拐計画を立てていたのだろう。

「何を、ごちょ、ごちょ、やってるんだ？」

神林は、十津川に、きいた。

「君の、言葉が、事実かどうか、調べているんだよ」

と、十津川は、いった。

「すると、奴の話は、本当だったのか？」

神林は、急に、嬉《うれ》しそうな顔をした。

「かもしれないな」

「じゃあ、何千万という金は、あの部屋にあるのか？　あるんなら、それは、おれのものだよ。奴は、おれに約束したんだ。あと九十万貸してくれたら、何千万も、手に入るとさ。だから、おれのものだ。少なくとも、その何分の一かは、おれがもらう権利があるんだ」

神林は、虫のいいことを、いった。

十津川は、苦笑しながら、

「あの部屋には、ないよ」

「じゃあ、何処《どこ》にあるんだ？　まさか、警察が、隠してるんじゃないだろうな」

「そんなことは、しない。原田一夫とは別の人間が、手に入れているはずだ」

「じゃあ、早くそいつを捕まえて、金を取り返してくれ」

「そのためには、君にも、協力してもらわなきゃならない。原田は、君と、どのくらい親しかったんだね？」

「別に、親しくなんかなかったよ」

「しかし、百万円の金を貸したんだろう？」

「そりゃあ、おれは、貸すのが、商売だからな」

「最初は、どこで会ったんだね？」

「原田が住んでいたマンション近くに『ピノキオ』って、喫茶店があるんだ。おれは、一日一回は、その店へ行って、コーヒーを飲む。コーヒーが、好きでね。そこで初めて、会ったんだ」

「向こうから、話しかけてきたのかね？」

「何回か、顔を合わせたあとさ。急に、話しかけてきたんだ。金を貸してくれないかってね。きっと、マスターが、おれが、金を貸す人間だと、話したんだろうね」

「そして、十万円貸したのか？」

「ああ。サラリーマンだっていうし、保険証も、持ってたからね」

「『ピノキオ』という店だね？」

「ああ」

「カメさん。行ってみよう」

と、十津川は、亀井に、声をかけた。

「おい。おれは、どうなるんだ？　おれの金は、どうなるんだ？」

「三沢君、この人のいうことを、聞いて、書類にしておいてくれ」

十津川は、三沢に、いい残して、亀井と二人で、捜査本部を出た。

神林のいった、「ピノキオ」という喫茶店は、すぐわかった。

若夫婦が、二人でやっている喫茶店である。

そろそろ、店を締める時間になっていたが、十津川は、頼んで、話をしてもらった。

2

「ああ、二人とも、知っていますよ」

と、マスターは、コーヒーを、十津川と、亀井にいれてくれながら、肯いた。

「この店の常連だったというわけですね？」

「特に、神林さんは、毎日、いらっしゃいますよ。来るのは、いつも、朝十時半頃で、モーニングサービスを、注文されるんです。最初は、汚い恰好《かっこう》をしてるんで、ひょっとすると、お金を持ってないんじゃないかと思ったんですが、ずいぶん、お金を溜《た》めているそうですよ」

「サラ金をやってるといってますが、知っていますか？」

「いや、もぐりで、お金を貸してるんじゃないですか。そんな話を聞きましたよ」

「もぐりでね。原田一夫のほうは、どうですか？」

「あの人は、日曜日に、よく来ていましたよ。その時に、神林さんと、顔を合わせてたんじゃないかな」

「原田が、神林から、十万円と、次は、九十万円借りたのは、知っていましたか？」

「額は知りませんが、借りたのは、知っています。原田さんは、いろいろなところから、借金していたみたいでしてね。どこか、お金を貸してくれるところはないだろうか？　必ず返すからというので、神林さんのこと、話したんです。少し、利息は高いけどってね。僕は、法律に触れるようなことをしましたかね？」

マスターは、心配そうな顔をした。

「いや、そんなことはないでしょう」

と、十津川は、安心させてから、三沢と、早苗の証言から作ったニセの原田一夫のモンタージュを、マスターと、奥さんに見せた。

「この男が、この店に来ませんでしたか？　多分、原田一夫と、親しくしていたと思うんですが」

と、十津川は、モンタージュを見ている二人に、話した。

「この人、何をしたんですの？」

と、奥さんが、小声で、きいた。

「ある事件の参考人として、われわれが探しているのです」

と、亀井が、いった。

「原田さんが、死んだと、聞いたんですけど、そのことと、関係があるんですか？」

今度は、マスターが、きく。

「かもしれません」

「神林さんとも、関係があるんですか？」

「さあ、それは、わかりません」

「よく見てください。この店に来るお客の誰かに、似ていませんか？」

十津川と、亀井が、続けて、いった。

夫婦は、顔を見合わせている。

「お客の中には、いないようですね」

と、マスターが、いい、モンタージュを、返して寄越した。

「そうですか。残念ですね」

十津川は、モンタージュを、ポケットに、おさめた。

3

十津川は、二人分のコーヒー代を払い、礼をいって、「ピノキオ」を出た。二人が出るとすぐ、カギをかける音が、聞こえた。

「カメさんは、どう思うね？」

と、十津川は、歩きながら、亀井にきいた。

「原田一夫と、神林についてのマスター夫婦の証言ですか？」

「それもある」

「原田が、かなりの借金をしていたらしいというのは、収穫だったと思います。神林から、十万円借りていたぐらいでは、誘拐など、やらないと、思います。多分、何百万という借金をしていて、その返済に困って、ということなら、理解できますから」

「そのために、原田と、幸子は、モンタージュの男を、誘ったんだと思う。あのモンタージュに対するマスター夫婦の反応を、カメさんは、どう思ったね？」

「知らない男だとは、いいましたね」

「問題は、その結論をいうまでの時間だよ。あの二人は、やたらに、われわれに、質問していた。原田一夫が、死んだことは、関係があるのかとか、神林と関係があるのかとかね。全く知らない人間なら、簡単に、知らないと、いうんじゃないかねえ」

「そうですね。ひょっとすると、あの店に来る客の一人かもしれませんね。神林に、見せてみましょう」

　亀井がいい、二人は、急いで、捜査本部に引き返した。

　神林は、まだ、捜査本部にいて、刑事が注文してやったラーメンを食べていた。

「まだ、警部から約束の金を貰《もら》っていないといって、奴《やっこ》さん、帰らないんですよ」

　三沢が、いまいましげに、美味そうに、ラーメンを食べている神林を睨《にら》んだ。

　十津川は、笑って、

「忘れていたよ。約束してたんだ」

「しかし警部――」

「いいさ。それに、まだいてくれて、助かったよ」

十津川は、そういってから、財布から、千円を出して、神林に渡した。

「刑事というのは、ふところが、寂しくてね」

「まけとくよ。ラーメンも、ご馳走《ちそう》になったしね」

「ついでに、これを見てほしい。『ピノキオ』の客の中に、いると思うんだがね」

十津川は、モンタージュを、神林の横に置いた。

神林は、「ふーん」と、鼻を鳴らしながら、モンタージュを手に持って、かざすように見ていた。

「どうだね？　お客の中に、いただろう？」

「いや、見たことないね」

亀井が、きいた。

「本当か？」

「ああ、見てないよ」

「君は、モーニングサービスしか、注文しないそうだから、それ以外の時間帯に来る客は、知らないんだな」

十津川がいうと、神林は、手を振って、

「そんなことはないさ」

「しかし、『ピノキオ』のマスターは、君が、いつも、十時半頃にやって来て、モーニングサービスを注文するといっていたぞ。それなら、それ以外の時間にやって来る客のことは、知らないはずだ」

亀井が、いいかげんなことをいうなという顔をして、神林を、睨んだ。

神林は、また、手を振って、

「そりゃあ、そうだが、四月の末に、あの店が、開店五周年だったんだ。それで、日曜日に、お客を無料で、招待して、記念品をくれたんだ。夕方の五時から、パーティさ。その時に、常連は、全部、集まったよ。おれも、行った。もちろん、原田もね。だが、この顔の男は、いなかったよ。おれは、人の顔を覚えるのは、得意なんだ。絶対に、常連客の中に、この顔は、いなかったね」

「じゃあ、その日のパーティに、来なかった客ということかな？」

「でも、マスターは、常連は、全部、来てくれたって、喜んでいたよ」

「間違いないかね」

十津川は、神林の顔をじっと、見つめて、念を押した。

「間違いないよ。嘘だと思うんなら、他の客にも、見せてみるんだね」

神林は、胸を張るようにしていい、帰って行った。

「当てが、外れましたね」

亀井が、口惜《くや》しそうに、いった。

十津川は、じっと、考え込んでいたが、急に、笑顔になって、

「もともと、客の中にいると考えたのが、間違いだったんじゃないかね」

と、亀井に、いった。

「すると、警部は、マスター夫婦の言葉を、お信じになるんですか？」

「いや。そうじゃないさ。店の客の一人なら、あの夫婦は、庇《かば》って、知らないと、いわないんじゃないかね。まあいつも来る客の一人が、警察にマークされているというのは、嫌なことだろうが、警察に睨まれてまで、庇わないよ。むしろ、協力するんじゃないかね」

「と、しますと――？」

「マスター夫婦の身内か、あるいは、友人の一人じゃないかと思うんだよ」

「しかし、そうだとすると、原田一夫は、どうして結びついたんでしょう？」

「その男が、たまたま、店に手伝いに来たとき、原田がいたんじゃないかね。その時、二人は、話をして、男が、自分と同じように、金に困っていることを、原田は知っていたんじゃないか。それで、誘拐計画を立てたとき、誘った――」

「なるほど。それなら、可能性がありますね」

「三沢君と、北原君には、今度は、このマスター夫婦の身辺を調べてもらおうと、思う。モンタージュの男が、出てくるかもしれないからね」

と、十津川は、いった。

4

翌日から、三沢と、早苗は、喫茶店「ピノキオ」の監視に当たることになった。

ただ、漠然と、店の前にいても仕方がないので、三沢が、時々、客をよそおって、店に入り、その間、早苗は、マスター夫婦のことを、調べることにした。

マスターの名前は、水谷淳《みずたにじゅん》。三十八歳。妻の雅子《まさこ》は三十五歳である。子供はいない。

五年前まで、中堅の電機メーカーで働いていたサラリーマンだった。係長の椅子《いす》をなげうって、喫茶店を始めた。いわば、脱サラである。

経営状態は、可もなし、不可もなしで、銀行の借金は、七百万円だけである。

両親は、健在で、神奈川県小田原《おだわら》市内に住んでいる。

四歳年下の弟がいて、すでに結婚して、小田原に住んでいる。

早苗は、小田原まで行き、この弟に会ってみたが、早苗たちが知っている、ニセモノの原田一夫ではなかった。

早苗は、その結果を持って、「ピノキオ」に行き、三沢と、一緒に、コーヒーを飲んだ。

わざと、窓際のテーブルに、向かい合って腰を下ろすと、小声で、マスターの家族のことを話した。

三沢は、煙草を吸いながら、ちらりと、カウンターの向こうにいるマスターに眼をやった。

「こっちも、異常なしさ。あの男は、現われないよ」

「本当に、マスターの知り合いの中に、いるんでしょうか?」

「いるとしても、多分、ここには、来ないように、いってるんじゃないかな。そうだとすると、十津川警部の命令だが、あまり期待できないんじゃないかね」

「でも、原田一夫が、ニセモノの原田一夫に会ったのは、ここ以外には、考えられません」

「そうかねえ」

「三沢さんは、他に、どんなところで原田一夫が、あの男と会ったと、思われるんですか?」

と、早苗がきいた。

三沢は、吸殻を、ガラス製の灰皿で、もみ消してから、

「いくらでも、考えられるじゃないか。一番可能性があるのは、競馬場や、競輪場だ

な。金が欲しい奴は、一攫千金《いっかく》を夢みて、ギャンブルに走る。そんなところには、同じような人間が、いくらでもいる。悪の仲間だって、集めやすい。一カ月前に起きた銀行強盗でも三人の犯人は、全員、競輪場で、顔見知りになったんだ」

「その事件なら、覚えています」

「喫茶店で知り合った仲間が、凶悪事件に走ったなんてのは、あまり、聞いたことがないね」

「でも――」

「でも、なんだ？」

三沢は、じろりと、早苗を見た。

三沢には、自分が、ベテラン刑事だという自負がある。自分に比べれば、半分の経験もない、しかも、女の早苗が、反論してくるのが、小癪《こしゃく》に感じられるのだ。

「私の意見をいっても構いません？」

「構わないさ。いいたまえ」

「今度の事件は、最初から、奇妙な感じがするんです」

「そんなことは、前から、私が、いってるよ」

「ええ。わかってます。普通の誘拐事件なら、成人の人質が、すんなり解放されることは、考えられないのに、犯人は、一億円の身代金を手に入れると、あっさりと、人質を解放しています」

「それも、最初から、私が、指摘してるじゃないか」

三沢は、今更《いまさら》、何をいうかという顔で、早苗を見た。

早苗は「ええ」と、素直に肯いて、

「三沢さんのおっしゃるとおりです。だから、普通に考えられる犯人像は、当てはまらないんじゃないかと思います」

「それは、つまり、私を、批判しているのかね？」

「え？」

「たいてい、悪い奴は、ギャンブルを通じて知り合うと私はいった。それに対する反論というつもりなんだろう？」

「いいえ」

早苗は、びっくりしたように、大きな眼で、三沢を見た。

「でも、君は、批判してるよ」

と、三沢は、いった。

5

十津川と、亀井は、再び、楠木かおりの入院している田園調布の正木病院を訪ねた。

事件の解決のカギを、彼女が握っていると考えているからである。

彼女の病室は、花束で、埋《うま》っていた。

幸い、ボディガード役の父親は、いなかった。

かおりは、血色も良く、ベッドの上に、起き上がっていた。

「犯人逮捕のために、どうしても、貴女《あなた》に協力して頂きたいのですよ」

と、十津川は、かおりに、いった。

かおりは、小さく首を振って、

「協力したいのは、やまやまですけど、何も覚えていないんです。気絶させられて、運ばれて、そのまま、放り出されてましたから。父と電話で話したときも、目隠しされていて犯人の顔を、見ていないんです」

「この男は、覚えているでしょう？」

十津川は、原田一夫のニセモノのモンタージュを、かおりの手に渡した。

「誰なんですの？　この人」

と、かおりが、きいた。

十津川は、眉をひそめて、

「忘れたんですか？　サロンエクスプレスの車内で、死んだ奥さんの仇を討つといって、騒いでいた男ですよ」

と、いうと、かおりは、やっと、

「ああ」

と、肯いた。

「原田一夫さんと、おっしゃっていた――」

「そうです。しかし、この男は、ニセモノです。本当の原田一夫は、死亡しました」

「――」

「これが、その原田一夫です」

十津川は、もう一枚の写真を、かおりに見せた。

彼女が、じっと見ている様子を、十津川は、見つめていた。

十津川は、原田一夫が、実際に「京都号」の車内から、かおりを、連れ去ったと、思っている。

だから、かおりが、犯人の顔を見ているとすれば、この顔を見ているはずなのだ。

「今もいいましたように、私は、犯人の顔を見てないんです。申しわけありませんけど」

かおりは、そういって、原田一夫の写真を、十津川に、返した。

「本当に、犯人の顔を見ていないんですか？」

亀井が、横から、念を押した。

「ええ。だから、私を、帰してくれたんじゃありませんか。そう思っているんですけど」

と、かおりは、いう。

そういわれてしまうと、これ以上、確かめることは、無駄なような気がする。

「この病室には、電話もついているんですね」

十津川は、話題を変えた。

「ええ」

「何に使っているんですか？」

「父が、よく、電話してきますわ。私のほうからも、掛けますし――」

「犯人から、電話してきたことは、ありませんか？」

「いいえ。あれば、すぐ、父と警察に連絡します」

と、かおりは、いった。

十津川と、亀井は、病室を出た。

「あの電話は、内線電話じゃありませんでしたね」

と、廊下を歩きながら、亀井が、小声でいった。

「そうだよ。だから、この病院の交換を通っていない」

「とすると、どこから電話があったか、確かめようがありませんね」

「そうなんだ」

「犯人から、電話があったでしょうか？」

亀井が、きく。

二人は、病院を出た。パトカーに、乗り込んでから、十津川は、

「犯人から、連絡があったと、私は、思うね」

と、いった。

亀井は、エンジンをかけた。

「なぜ、そう思われるんですか？」

「今日、彼女に会っていて、不思議に思うことは、なかったかね？」

十津川が、きき返した。

「犯人の顔を見ていないと、主張することですか？」

「いや、彼女の恋人のことだよ。恋人の君原は、いまだに、行方不明のままだ。病院にも、当然、姿を見せない。普通なら、楠木かおりは、心配になって、われわれに、

きくんじゃないかね。ところが、全く、恋人のことに触れようとしない。おかしいと、思わないかね？」

「確かに、警部のいわれるとおりですね。彼女は、ぜんぜん、君原のことは、ききませんでしたね」

「問題は、その理由だな」

「もう一度、彼女に、会いますか？」

亀井が、エンジンを切って、十津川を見た。

「いや、無駄だろう。彼女は、本当のことを、喋《しゃべ》ってくれそうもないよ。あの電話を盗聴できればと、思うんだがね」

そんなことのできないことは、十津川も、よく知っている。

わかってはいるが、どうしても、楠木かおりに、掛かってくる電話の内容を、知りたかった。

「楠木かおりは、恋人の所在を知っていると思われますか？」

亀井が、きいた。

「そうだねえ」

と、十津川は、考えていたが、

「知っているか、或いは、どうなっているかわかっているんだと思うね」

「すると、君原も、やはり、今度の事件に、関係しているということでしょうか？」

「そうだと思うね。そうでなければ、楠木かおりは、沈黙はしていないだろう」

「なぜ、彼女は、本当のことを、喋ってくれないんですかね」

亀井は、舌打ちした。

「そのうちに、喋ってくれるのを待つより仕方がないね」

と、十津川は、いった。

沈黙しているのは、それだけの理由があるからに違いない。

無理に喋らせようとすれば、かえって、事件が、こじれてしまうかもしれなかった。

6

三沢は、毎日、「ピノキオ」に、顔を出した。

コーヒーを頼んで、じっと、粘《ねば》る。時間がたち過ぎると、やはり、気がとがめるので、もう一杯、コーヒーを注文することになってしまう。

毎日のことなので、少しばかり、胃がおかしくなった。

時々、早苗もやって来て、交代する。

ニセモノの原田一夫が現われるのを、辛抱強く待つのだが、三日、四日とたっても、いっこうに、姿を見せなかった。

五日目の八月三日のことだった。

三沢が、午前十時を過ぎて、「ピノキオ」に出かけると、ドアが閉まっている。

いつもなら、十時には、きちんと、店が開いていたのである。

「本日休業」の看板も出ていない。

常連らしい、五十歳ぐらいの男が、下駄ばきでやって来て、閉まっているのを見て、おやッという顔になっている。

「休みですか?」

その男は、三沢にきいた。

「そうみたいですね」

「急に休むなんて、水谷さんらしくもないなあ」

と、男は、しきりに、首をかしげていたが、休みじゃ仕方がないと呟《つぶや》いて、帰って行った。

三沢は、十津川に電話を掛けた。

「まあ、何ともないとは思いますが、『本日休業』の札が下がっていないのが、気になります」

と、三沢は、いった。

「あの店は、二階が、住居になっていたんだったね？」

「そうです」

「二階に、あの夫婦がいる気配があるかね？」

「ひっそりしています」

「すぐ、北原刑事を行かせよう」

「彼女が来るんですか？」

「不満かね？」

「そうじゃありませんが、いざとなると、女性は、足手まといになるだけですから」

「今まで、彼女が、足手まといになったのかね？」

「いや、そうじゃありませんが」

「君と、北原刑事は、コンビで、今度の事件を担当しているんだ。二人で、やってもらわなきゃ困る」

「それは、わかっていますが——」

「北原君は、頼りになるよ」

十津川は、そういって、電話を切ってしまった。

三沢は、苦《にが》い顔で、待つことにした。

どうも、あの女は、苦手だと思う。美人だから、その点はいいのだが、どうも、口《く》説《と》く気になれないのは、女のくせに、冷静で、頭がいいからである。

相手が、女であることを忘れて、時々、むきになって、議論してしまい、そのことが、嫌になってしまうのだ。

一時間近くたって、早苗が、現われた。

機先を制するつもりで、三沢は、

「遅いぞ！」

と、怒鳴った。

「すみません」

と、早苗は、素直に、謝ってから、「ピノキオ」に向かって、

「さあ、行ってみましょう」

(これが、腹が立つんだ)

と、三沢は、むっとした顔で、大股《おおまた》に、店に近づくと、ドアを、激しく、ノックした。

返事はない。

今度は、少し下がって、二階に向かって、

「水谷さん！」

と、怒鳴った。が、返事がないのは、同じだった。

店の横に、二階に直接あがれる鉄製の階段がついている。

三沢と、早苗は、その階段を、のぼって行った。

小さな通用口があった。が、そこのドアも、閉まっていた。

三沢が二、三度、ノックしたが、中で、人の動く気配はない。

「ただの外出ならいいんだが――」

と、三沢は、呟いた。

早苗も、緊張した顔で、ドアの横についている小窓から、部屋の中を、のぞき込んでいた。

第九章　二つの方向

1

「どうも、変だから、入ってみよう」

三沢は、決心したように、いった。

「でも、令状なしに、他人の住居に入るのは禁止されています」

早苗が、いうと、三沢は、ニヤッと笑って、

「怖いのかね？」

「はい。あとで、きっと問題になります」

「だから、女は、いざという時、駄目だというんだ。もし、家の中で、水谷夫婦が殺されていたとしたら、どうするんだね？　その恐れは、充分にあるんだ。怖いのなら、君は、見ていたまえ。僕が、責任をとるから」

三沢は、ちょっと、優越感を覚えながら、早苗を、後方に、押しやってから、拳銃を取り出し、その銃床の方で、窓ガラスを叩《たた》いた。

ガラスが割れる。

手を突っ込んで、内側の掛け金を外して、窓を開けた。

そこから、三沢は、身体を滑り込ませた。

早苗は、開いた窓から、部屋の中をのぞき込んだ。

三沢は、部屋のまん中に突っ立って、じろじろと見廻していたが、そのうちに、奥へ入って行った。

五、六分して、戻って来ると、しきりに、首をかしげている。

「おかしいな」

と、三沢は、声に出して、いった。

「入口のドアを開けてください。私も、入ります」

早苗が、いった。

「怖いんじゃないのか?」

「死体が、なかったんでしょう?」

「そうだ、恐らく、水谷夫婦は、口封じに殺されているんじゃないかと思ったんだがな。何もないんだ。わからん」

「だから、私も、入れて頂きたいんです」

「妙な女だな」

と、三沢は、いいながら、入口のドアを開けた。

早苗は、靴を脱いで、部屋に入った。

六畳に、四畳半が続き、バス、トイレ、キッチンがついている小ぢんまりした住居である。

階下の店には、奥の四畳半から、狭い階段があって、外の階段を使わなくても、行けるようになっていた。

三沢のいうとおり、どこにも、水谷夫婦の死体はなかったし、部屋の中が、荒らされた跡《あと》もなかった。

早苗は、下の店へ、急な階段を下りて行った。

令状なしに、他人《ひと》の家に入ることは、はばかられたが、入ってしまえば、早苗は、怖がってはいなかった。

いざとなると、女のほうが、度胸がつくのかもしれない。

階段は、カウンターのうしろに出るようになっていた。

店のほうにも、死体は、なかった。

水谷夫婦は、どこかに、出かけたのだ。

早苗は、電気を点けた。

あとから、下りて来た三沢が、あわてて、

「明かりをつけたりしたら、怪しまれるぞ」

「大丈夫です。外は、明るいし、カーテンが、下りてますから」

早苗は、落ち着いた声で、いった。

三沢は、鼻白みながら、

「何を探してるんだ？」

「私にも、わかりません。でも、夫婦が留守にしている以上、何か、その理由を書いたようなものがあるに違いないと、思います」

「ふーん」

と、三沢は、鼻を鳴らした。

早苗のほうは、カウンターの裏側を、しきりに、のぞき込んでいたが、

「ありました」

と、一枚の紙を、取りあげて、三沢に見せた。

白い紙に、太いマジックで、

〈旅行のため、五日間休ませて頂きます〉

と、書かれてあった。

三沢は、それを、手にとって、見ていたが、

「なぜ、これを、ドアのところに、貼《は》ってから出かけなかったのかね？　おかしいじゃないか」

「貼ったのに、誰かが、はがして、このカウンターの奥に捨てたのか、それとも、列車の時刻が迫っていたので、貼るのを忘れて、あわてて、出かけてしまったのか、どちらかだと、思います」

2

「五日間の旅行か」

と、三沢は、呟《つぶや》いてから、

「どうも、おかしいな」

「何がですか？」

「水谷夫婦は、この店を始めて五年だが、まだ、銀行に、七百万円の借金があると聞いている。ほとんど、休まずに、夫婦で働いている。それなのに、突然、五日間の休みをとって、旅行に行くというのは、不自然だよ」

「でも、この字は、別に、ふるえてもいないように、見えますけど」

「夫婦以外の人間が、書いたのかもしれんじゃないか」

「――?」

「わからないのか。誘拐事件の犯人を、水谷夫婦が、知っているとする。犯人は、当然、夫婦の口を封じようとする。五日間、旅行に出かけたと見せかけてどこかで、殺してしまったんだよ。この貼紙は、だから、犯人の書いたものさ」

「でも、それなら、ドアに貼っておいたほうが、効果があると思います」

「細かいことをいっている時じゃないだろう」

三沢は、店のカウンターにある電話で、捜査本部の十津川に、連絡を取った。

「これは、明らかに、犯人の偽装《ぎそう》工作と思います。水谷夫婦は、すでに、殺されていると思いますね」

と、三沢は、自分の意見を伝えた。

「君は、令状なしに、その店に入ったのかね?」

十津川が、きいた。

「はい。責任は、私がとります。私は、店の様子がおかしいと思い、覚悟して入りました。あの働き者の夫婦が、五日間も休んで、旅行に出かけるというのは、いかにも、不自然です」

「だから、殺されたと思うのかね?」

「そうです」

「北原君の意見は、どうなんだね？」

「彼女は、何もわかっていません」

「いいから、電話に出したまえ」

三沢は、肩をすくめ、受話器を無言で、早苗にわたした。

「北原です」

と、早苗が、いった。

「君も、ピノキオの中に、入っているのかね？」

十津川が、呆《あき》れたという調子で、きいた。

「はい」

「三沢刑事に引きずられて、入ったんだろう？」

「いえ、自分の判断で、店内に入りました。責任は、私にも、あります」

「本当に、責任をとることになるかもしれんよ」

「わかっています」

きっぱりと、早苗は、いった。

「それならいい。君の意見は、どうなんだ？　三沢刑事は、水谷夫婦は、すでに殺されてしまっていると、いっているが」

「その可能性も、否定できないと、思います」

「だが、違うと思うのかね？」

「店に、貼紙が落ちていました。犯人が書いたものだと、思われないんです。ですから、私は、水谷夫婦が、本当に、旅行に出かけた可能性のほうが大きいと、思います」

「しかし、働き者の夫婦が、五日間も、店を放ったらかして、旅行に行くのかね？」

「誰かが、その費用を出せば、行くかもしれないと思います」

「それは、つまり、一億円を奪った犯人がということかね？」

「はい。犯人にとって、百万や、二百万の金は、簡単に出せると思います。五日間、水谷夫婦を遠くへ、追《お》っ放《ぽ》っておけば、夫婦の口から、自分のことが洩《も》れる心配はない。そうしておいて外国へでも、高飛びしようと考えているのではないかと、考えるんですが」

「五日間あれば、たいていのことができるな」

「はい」

「君の考えが正しいとして、水谷夫婦は、どこへ出かけたと思うね？」

「調べてみます」

「三沢刑事は、もう殺されているという考えだから、君には、協力しないかもしれん。

そうしたら、君一人で、調べるんだ」

「はい」

3

早苗が、電話を切って、十津川の言葉を伝えると、案《あん》の定《じょう》、三沢は、ぶすっとした顔になった。

「五日間の旅行というのは、明らかに、犯人の偽装で、すでに、水谷夫婦は、殺されているさ。旅行先が、どこかなんて、調べることは、ナンセンスだよ」

「それでは、三沢刑事は、外に出ていてください。私が、ひとりで、調べてみます」

「勝手にしたらいいが、いやに、張り切ってるな」

三沢は、皮肉な眼つきをした。

「私は、犯人が、この五日間を利用して、海外へ脱出するんじゃないかと思うんです。だから、一刻も早く、水谷夫婦を見つけて、二人を、旅行に行かせた人間を、聞き出したいと、思うんです」

早苗は、喋《しゃべ》りながら、店内を見廻した。それから、また、狭い階段を、二階に向かって、のぼって行った。

三沢は、そのあとを、追いかけながら、

「君は、本当に、水谷夫婦が、旅行に出ていると思うのかね？」

「はい」

「君は甘いよ。犯人は、水谷夫婦と顔見知りだったと考えられる。犯人は、原田一夫と、奥さんを冷酷に殺して、一億円を、独《ひと》り占《じ》めした男なんだ。水谷夫婦が、自分の顔を知っていれば、生かしてはおかない。絶対に、殺してしまっているはずだよ」

「その可能性も、ありますけど――」

早苗は、二階にあがると、丁寧に、部屋の中を、調べ廻った。

手袋をはめた手で、本棚を調べ、三面鏡の引出しをあけ、押入れまで、のぞき込んだ。

その中に、早苗は、一枚のパンフレットを見つけ出した。

「沖縄のパンフレットです」

エメラルドの海や、ハイビスカスが描かれた観光パンフレットだった。

「だから、何だというんだね？」

三沢は、馬鹿にしたように、ちらりと、そのパンフレットを、見ただけである。

「ひょっとすると、水谷夫婦は、沖縄へ行ったのかもしれません」

「君は、まだ若いな。これは、犯人の仕掛けたトリックだよ。そのくらいのことが、わからないのかね。そのパンフレットは、犯人が、置いておいたんだよ。いかにも、水谷夫婦が、沖縄に行ったと、思わせるためにだよ」

「でも、三沢刑事。このパンフレットは、一枚しかありませんし、奥の四畳半のベッドの下に落ちていたんです」

「そこが、犯人の小憎らしいところさ。すぐ眼につくテーブルの上なんかにのせておけば、ひょっとして、犯人が、わざと、置いたのかもしれないと疑う。だから、わざと、簡単には、眼につかないところへ、置いておいたんだ。そこまで、犯人が神経を使うとは思わない。だから、刑事の君まで、引っかかった」

「でも――」

「また、でも、かね？」

「もし、犯人が、わざと、パンフレットを置いたんだとすると、一枚じゃなくて、もっと沢山《たくさん》置いておいたほうが、効果的なんじゃないかと、思いますけど」

「それこそ、罠《わな》だと、わかってしまうよ。それにだ、そのパンフレットが、水谷夫婦が、自分たちで、集めたとすれば、なぜ、たった一枚しかなかったんだね？　沖縄へ行こうと思って、プレイガイドへ行って、パンフレットを貰《もら》う時には、一枚ではなく、何枚も貰ってくるもんだよ。違うかね？」

「はい。私も、そうしますわ」

「じゃあ、君にだって、おかしいことは、わかっているんじゃないか。いいかね。北原君。この五日間の旅行は、あやしい匂《にお》いが、ぷんぷんしてるんだ。ただの旅行じゃない。見せかけているだけだよ」

三沢は、あくまで、五日間の旅行は犯人の偽装で、水谷夫婦は、すでに殺されていると、考えているようだった。

二人は、意見の合わないままに、外に出ると、捜査本部に、戻った。

十津川は、二人の報告を聞いて、苦笑した。

「相変わらず、二人は、意見が合わないんだな」

「それは、北原君が、まだ、プロになり切っていないからですよ。それだけのことです」

三沢は、憮然《ぶぜん》とした顔で、いった。

「つまり、パンフレット一枚で、欺《だま》されたということかね？」

十津川が、苦笑したまま、三沢に、きいた。

「そうです。それは、明らかに、水谷夫婦を殺した犯人の偽装ですよ。それに、簡単に引っかかるということは、北原君が、まだ、アマチュアである証拠だと思います」

三沢は、じろりと、早苗を見て、いった。

十津川は、早苗に、眼をやって、

「北原君は、何か反論はあるかね？」

「ありません。確かに、私は、ベテランの三沢刑事ほど、経験を積んでおりません。アマチュアといわれても、仕方がないと思います。でも、アマチュアのほうが、正しく、事件を見ることもあると、思っています」

「パンフレットが、一枚しかないのは、どう説明するのかね？」

十津川が、きく。

「私は、こう考えました。私も、旅行に行く時は、プレイガイドで、何枚も、パンフレットを貰って来ます。ただ、その中の何枚かを、旅行に行く時、持って行くんです。水谷夫婦も、同じことをしたんじゃないかと思うんです。だから、部屋には、一枚しか、パンフレットが、残っていなかったんじゃないかと」

早苗が、いった。

「あまり、説得力がありませんな」

三沢は、あっさり、否定した。

「では、三沢刑事は、水谷夫婦が、すでに殺されているとみて、捜査をすすめてみたまえ。二人の死体が発見されれば、君の推理の正しさが、証明されるわけだからね」

と、十津川は、いってから、次に、早苗に向かって、

「沖縄に行ったとすると、昨日か、今日の午前中の飛行機で、行ったと思われる。君

は、水谷夫婦の写真を見つけて、羽田《はねだ》へ行って、沖縄行きの便に、二人が乗ったかどうか、調べるんだ」

「わかりました」

早苗は、嬉《うれ》しそうな顔で、部屋を出て行った。

「君もすぐ、捜査を開始したまえ」

十津川は、三沢にも、いった。

4

早苗は、一人で、羽田空港へ出かけて行った。

午後六時を回っていた。

現在、羽田から沖縄へ、一日十便が、運航している。

日航（ＪＡＬ）と、全日空（ＡＮＡ）の二社である。

第一便は、羽田七時三〇分発のＪＡＬで、最終は、一九時〇〇分発のＪＡＬになっている。

現在、六時二十分だから、十九時発は、除外していいだろう。

今日、水谷夫婦が、沖縄へ飛んだとすれば、この九便のどれかに、乗ったに違いない。

早苗は、ＪＡＬと、ＡＮＡの二つの営業所を訪ねて、協力を頼んだ。

最初は、一日だけの便だからと、思ったのだが、沖縄便は、国内では、ドル箱で、大型ジェット機が使われ、しかも、どの便も、満席に近かった。

九便の中、六便が、定員五百名を超すボーイング７４７機を使い、あとの三便も、定員三百七十名のＤＣ―10と、定員三百二十六名のロッキード１０１１が使われている。

八十パーセントの乗客だったとしても、四千名近い人間が、現在までの間に、今日一日で、沖縄へ飛んだのである。

早苗は、二つの営業所で、まず、水谷夫婦の名前が、乗客名簿にあるかどうか、調べることにした。

ＪＡＬと、ＡＮＡの職員も、協力してくれたが、四千人を超す名簿の中に、水谷夫婦の名前は、見つからなかった。

もちろん、だからといって、水谷夫婦が、今日、沖縄へ行かなかったということにはならない。

国内線の場合、偽名でも、乗れるからである。

次に、早苗は、水谷夫婦の写真を、空港職員や、スチュワーデスたちに見てもらい、見覚えはないかどうか、聞いて廻った。

これも、思わしい反応は、得られなかった。

無理もない。一機が、三百人から五百人の数の乗客を運ぶのである。よほどの有名人か、よほど特徴のある人間でないかぎり、彼らの記憶に残ってはいないだろう。

早苗は、捜査本部に戻ると、そのままを、十津川に報告した。

「しかし、君は、水谷夫婦が、沖縄に行ったに違いないと、まだ、信じているんだろう?」

と、十津川はいった。

「確認は、とれませんでしたが、私は二人が沖縄に行ったと思っています。ですから、沖縄県警にも、連絡して、水谷夫婦を探してもらって頂けませんか。きっと、向こうのホテルに、実名で、泊まっていると思います」

と、早苗は、主張した。

「そうは、思えないね」

と、いったのは、三沢だった。

「なぜですの?」

早苗は、三沢に、眼を向けた。

「水谷夫婦が、今度の誘拐事件に、無関係で、ただ、沖縄に旅行に出かけたのだとしたら、なぜ、今日の航空便の乗客名簿になかったんだ？　変名を使う必要は、ないんだから、もし、乗っていれば、二人の名前が、当然、のっているはずじゃないか」

「それは、こうだと思います。水谷夫婦は、自分の店に来ていた人間が、事件に関係していると、うすうす気付いていたに違いありません。それで、東京を逃げ出したんです。多分、関わり合いになりたくなくてだと思います。そんな旅立ちなら、変名を使用するほうが、自然だと、思います」

　早苗も、負けずに、いった。

　十津川は、苦笑しながら、聞いていたが、

「北原君の主張も、一理ある。沖縄県警には、水谷夫婦の写真を電送して、ホテルや、ペンションを調べてくれるように、頼んでおく」

「ありがとうございます」

　早苗が、礼をいうと、三沢は、なおも、

「私は、どうしても、水谷夫婦が、沖縄へ行っているとは、思えませんね」

「しかし、水谷夫婦の死体も、見つからんのだろう？」

「発見には、時間がかかります。犯人だって、見つけやすい所に、埋めるはずはありませんからね。発見されにくい、山の中とか、重しをつけて海の底に沈めるとかいった手段をとったと思います。簡単に見つからないのが、当然です」

「それでは、君たち二人に、あと二日間の日数をやるから、調べてみたまえ」

と、十津川は、いった。

5

翌日の八月四日、正式に、沖縄県警に、捜査の協力が要請され、早苗自身も、羽田から、那覇へ飛んだ。

三沢のほうは、東京近郊の雑木林や、丘陵地帯、それに、東京湾岸を、警官を動員して、調べて、いった。

その翌日、十津川は、亀井と、また、田園調布の正木病院に、足を運んだ。

病室の入口にあった名札が、男の名前に変わっていたが、中に入ると、ベッドには、楠木かおりが、横になっていた。

付き添っていたお手伝いが、十津川に向かって、

「マスコミの方が、押しかけていらっしゃるんで、止《や》むなく、院長先生に、お嬢さんは、退院したことにして頂いたんです」

「わかりますよ」

と、十津川は、いった。

かおりは、押し黙っている。

十津川は、お手伝いに、病室の外へ出てもらった。

どうしても、かおりに、ききたいことがあったからである。

「君原さんが、今、どこにいるか、どうしても知りたいのですよ」

と、十津川は、かおりに、話しかけた。

かおりは、前に、十津川と亀井が、押しかけた時、自分が、誘拐犯人に殺されなかったのは、目隠しをされていて、相手の顔を見ていなかったからだと、いった。

だが、十津川は、その言葉を信じていなかった。

犯人は、かおりが、何もいわないと信じているからこそ、釈放したに違いないと、十津川は、思っている。

それは、きっと、彼女の恋人である君原のせいだろうとも、十津川は、考えていた。

「前にも、いったと思いますけど、君原さんのことは、何も知りません」

かおりは、相変わらず、かたくなに否定した。

「心配じゃありませんか？」

「心配しても、仕方ありませんわ」

「君原さんのほうから、電話で連絡してきたことは、ないんですか？　この病室にです」

十津川が、電話に、ちらりと眼をやったが、かおりは、首を横に振った。

「いいえ、ありません」

「すると、君原さんは、恋人のあなたに、何の連絡もせずに、何日も、行方不明になっているということになりますね？」

「そうなんですか？」

「ひょっとすると、君原さんは、死んでいるのかもしれませんね。そう、思いませんか？」

十津川は、多少、意地の悪い、いい方をした。

かおりが、本当に、君原の行方を知らず、連絡もないとしたら、死んでいるのではないかという言葉に、強い反応を示すはずである。

だが、かおりの表情に、変化はなかった。

「そうは思いません」

「君原さんが、死んでいないと思う、何か根拠でもあるんですか？」

十津川は、なおも、意地悪く、きいた。

かおりは、一瞬、眉《まゆ》をひそめて、十津川を睨《にら》んだが、

「そんなものありませんけど、人間って、なかなか、死なないものです。誘拐された私だって、こうして生きています」

「確かに、そうですが、稀《まれ》に、あっけなく死んだり、殺されたりすることも、ありますよ。現に、あなたが責任者で乗っていた『京都号』の中でも、原田幸子が、あっさり殺されていますからね。君原さんだって、死んでいる可能性は、充分にありますよ」

「それなら、そう考えていれば、いいと思います」

かおりは、皮肉ないい方をした。

十津川は、おやッという眼で、かおりを見直した。

「『ピノキオ』という喫茶店を、知っていますか？」

と、十津川は、きいた。

「『ピノキオ』？　知りません」

「では、水谷という夫婦は、どうですか？」

「いいえ。どなたなんですか？　『京都号』に、乗られた方ですか？」

「いや、知らなければ、構いませんよ」

十津川は、微笑して、いった。

6

二人は、病院を出た。

「私が、彼女に質問している間、カメさんは、電話機の傍《そば》にいたけど、何か見つかったかね？」

パトカーに、乗り込みながら、十津川が、きいた。

「電話番号らしい数字が、メモしてありました。一生懸命に覚えてきましたよ」

亀井は、手帳を取り出すと、その数字を、書いてみせた。

全部で、十ケタの数字だった。

最初の〇五五五は、局番だろう。

「〇五五五というと、どの辺《あた》りかな？」

十津川は、すぐ、無線電話で、問い合わせてみた。

「〇五五五という市外局番は、山梨《やまなし》ですね」

と、指令室の係員が、教えてくれた。

「じゃあ、この番号を、呼び出してくれないか」

十津川は、全部の数字をいい、その結果を待った。

すぐ、返事がきた。

「何度も呼んでみたんですが、相手が出ませんね」

「正確な住所は、わからないかな？」

「〇五五五―六二というと、山中湖《やまなか》の近くですね。そこまでは、わかりますが」

「ありがとう」

と、十津川は、いった。

「山中湖の近くですか」

亀井が、呟いてから、パトカーを、発進させた。

「旅館だったら、相手が電話に出るだろうね」

と、十津川が、いう。

「そうですね」

「行ってみるかね？　山中湖へ」

「行きましょう」

亀井は、すぐ、応じた。

無線電話で、捜査本部に、連絡しておいて、亀井は、パトカーのスピードをあげた。

まず、中央自動車道に入って、西に向かった。

大月《おおつき》で、左に分かれて、河口湖《かわぐち》へ。ここからは、国道１３８号線、通称、鎌倉《かまくら》街道を南下すると、山中湖畔へ出る。湖畔には、ホテル、旅館、それに、ペンションが、並んでいる。

亀井は、駐在所の前で、車を停めた。

そこにいた警官に、問題の電話番号を示した。

「この電話番号の家が、どこにあるか知らないかね？」

十津川がきくと、若い警官は、緊張した表情で、いろいろと、調べてくれたが、

「この市外局番から考えて、この近くの家だとは、思うんですが。掛けてみたら、どうですか？」

「それは、やってみたが、相手が出ないんだよ」

「そうですか。これに似た番号が、湖畔のペンションで使われていることはわかりました。その番号と、三番違いです」

「そのペンションに行ってみよう」

と、十津川は、亀井を促した。

警官に、地図を揃《そろ》えてもらって、十津川たちは、車を、走らせた。

湖面が、暗くなり、ホテルやペンションに、灯《あか》りがついて、美しい。

ところどころに、夜間照明つきのテニスコートがある。若者の間で、テニスが、はやっているのだろう。

警官のいったペンションは、カラ松林の中にあった。

いかにも、若者向きという感じの白い建物で、ここにも、二面のテニスコートがあり、若い男女が、夜間照明の下で、黄色いボールを打ち合っている。下手《へた》くそだが、いかにも楽しそうだ。

十津川と亀井は、入口で、車を停め、中に入って行った。

「ピッコロ」というこのペンションは四十代の夫婦がやっていた。

最初は、十津川たちが、刑事ということで、用心深く構えていたが、用件がわかると、協力的になった。

「多分、この辺りのペンションだと思いますね」

と、主人は、いい、この辺りのホテルやペンションの地図を持ち出して来た。

ホテル、ペンションの場所が示され、名前と、電話番号が、書き加えてある地図だった。

「ああ、ありましたよ。このペンションの電話番号ですね」

と、主人が、指さしてくれた。

一軒だけ、離れた場所にあるペンションで、名前は「ユートピア」となっている。

確かに、そこに書かれてある電話番号は、亀井が調べたものと、同じだった。

十津川と亀井は、湖畔から、かなり離れた場所に、ぽつんと建っている「ユートピア」を訪ねてみることにした。

ペンションというより、木造の別荘という感じがしたのは、その周辺だけが、ひっそりと、静まり返っていたからだろう。

建物の水銀灯は点いているのだが、建物自体は、まっ暗だった。

「留守のようだね」

車を降りながら、十津川が、呟いた。

二人は、懐中電灯を持って、建物に、近づいた。

玄関のドアに、錠《じょう》がついていたが、カギは、かかっていなかった。

亀井が、先に入り、電灯のスイッチを入れた。

急に、広間が明るくなった。

人の姿はない。

十津川と、亀井は、二階へ、階段をあがって行った。

いくつか並んだ二階の部屋の一つを亀井が、のぞき込んでから、「あッ」と、小さな声をあげた。

ベッドと、洋ダンス、それに、小型のテレビが置かれた部屋の床に、若い男が、俯《うつぶ》せに倒れでいたからだった。

後頭部に、血がこびりつき、床にも、変色した血の痕《あと》があった。

亀井が、男の身体を抱きあげたが、何の反応もなかった。

「死んでいますね」

と、亀井が、十津川に、いった。

「どうやら、楠木かおりの恋人のようだね」

十津川は、憮然とした顔でいった。

第十章　ペンション

1

十津川は、君原の顔写真は、見ている。同じ顔であった。

行方のわからない君原が、今度の事件のカギではないかと思い、探していたのだが、こんな形で、出会うことになるとは、思っていなかった。

「山梨県警に、連絡しよう」

と、十津川が、いった。

三十分ほどして、県警のパトカーや鑑識の車が、到着した。

検視官も、やって来た。

十津川は、県警の刑事に、事情を説明したあと、検視官に、死亡時刻を、きいてみた。

「そんなに、時間は、たっていませんね」

と、検視官は、十津川に、いった。

「何時頃ですか？」

「午後五時から六時の間と、思いますよ」

「われわれが到着する直前ですよ」

と、亀井が、小声でいった。

十津川たちが、このペンションに着いたのが、午後七時だった。殺されたのが、午後六時とすれば、一時間しかたっていなかったことになる。犯人が、車で、ここへやって来たとすれば、途中で、すれ違ったかもしれないのだ。

凶器は、すぐには、見つからなかった。わかったのは、後頭部を、何か、鈍器で強打したのだろうと、いうことだった。

犯人は、数回、殴《なぐ》っていることが、わかった。

県警の刑事たちは、家の中を探したあと、懐中電灯を持って、家の周囲を、探しにかかった。

ペンションの横にある簡単な車庫には、東京ナンバーの白いライトバンが、一台、置いてあった。

車検証によれば、持ち主は、君原になっていて、一年前に、中古車として、購入し

か？）

（楠木かおりを、京都から運んだ車というのは、このライトバンではなかったろうたものだった。

と、考えながら、十津川は、亀井と、車を調べてみた。

若い女性の所持品が落ちていれば、彼女を運んだ証拠になると思ったのだが、二人の眼で見るかぎり、それらしいものは、見つからなかった。

細かいことは、鑑識に調べてもらうより、仕方がない。

後部トランクに入っている工具類も調べてみた。使われた凶器が、スパナの可能性もあったからである。

しかし、なくなっているスパナは、ないようだった。

犯人は、自分の乗って来た車に、備え付けてあるスパナで、君原を殺したのか、それとも、最初から殺す目的で、凶器を用意して、やって来たのだろうか。

「犯人は、殺したあと、明かりを消して、立ち去っていますね」

亀井は、ペンションの建物を、改めて、見直しながら、十津川に、いった。

「そうだな。カメさんが、明かりをつけたんだったね」

「検視官の話では、殺されたのは、午後五時から六時ということです。家の中は、暗かったと思いますから、君原は、電灯をつけていたはずです。犯人は、そこへやって来て、君原を殴り殺し、そのあと、明かりを消して、逃げ去ったんです」

「落ち着いた犯人ということかな」

「それとも、人が近づいたので、あわてて消したのかもしれません」

「カメさんは、仲間割れと思うかね？」

　十津川が、きいた。

「それは、つまり、君原が、誘拐の片棒をかついでいたということですか？」

「君原が、このペンションに、客として、泊まっていたとは思えないよ。ペンション自体、クローズされている状況だからね。君原は、このペンションを、買ったのかもしれない」

「例の一億円でですか？」

「その分け前でだろうね」

「山梨県警に頼んで、調べてもらいましょう。もし、君原が、このペンションを手に入れた時期がわかれば、共犯かどうか、わかりますからね」

　亀井は、勢い込んで、いった。

2

県警の刑事たちが、ペンション「ユートピア」について調べてくれている間、十津川は、亀井と、車で、東京に戻ることにした。

殺人現場が、山中湖畔のペンションである以上、捜査の主役は、山梨県警だし、どうせ、合同捜査になると、思われたからである。

夜半過ぎに、十津川と、亀井は、東京に戻った。

十津川は、まだ、捜査本部に残っていた三沢と、水谷夫婦の消息について、何の成果も得られず、沖縄から戻って来ていた北原早苗を呼んで、山中湖で、君原の死体が発見されたことを告げた。

「これについての君たちの意見を聞きたいね」

と、十津川は、二人を見た。

三沢は、やっぱりという顔で、

「やはり、恋人の君原が、一枚、嚙《か》んでいたんですよ。今度の誘拐事件の発案者は、多分、君原だと思いますよ」

「君は、芝居説だったね」

「君原と、楠木かおりが、示し合わせて打った芝居ですよ。ニセの原田一夫は、二人が、引きずり込んだんだと思います。ところが、この男が、なかなかの曲者《くせもの》で、計画の中に組み入れた原田夫婦を殺し、遂に、君原まで殺したんだと思いますね」

「奪った金を、ひとり占めするためかね？」

「他に考えられません」

「その上、その男のことを知っている水谷夫婦まで殺したというわけか？」

「そう考えれば、全てが、説明がつきますよ」

「北原君は、どう思うね？」

「私にとっては、君原が殺されたというのは、意外でした」

「それは、君原が、犯人じゃないと思っていたからかね？」

「私には、彼が犯人かどうか、わかりません。でも、どちらにしろ、彼が殺された理由がわからないんです。犯人でないのなら、殺される理由がありません。犯人だとしても、一億円を、彼一人で、持ち去ったとは思えませんから、殺されるとは、思えません」

早苗は、首をかしげている。

「それは、違うよ」

と、三沢が、いった。

「どう違うんだね？」

十津川が、三沢を見た。

「仲間割れというのは、一人が、手に入れた金を独占するから起きるとは限りません。きちんと分けても、凶暴《きょうぼう》な人間なら、仲間を殺して、相手の分まで、手に入れようとすると思うのです。だから、今度の場合も、君原が、共犯者に殺されたというケースは、大いに、あり得ますよ。いや、あり得るというより、これで、すっきりしたんじゃありませんか。全ての説明がついたわけですから」

三沢は、ニッコリした。

「それで、納得できるかね？」

十津川は、早苗に、眼をやった。

「君原が、ただ単に、どこかで殺されていたというのなら、三沢刑事の意見に、賛成します」

と、早苗は、いった。

三沢は、眉《まゆ》を寄せて、彼女を、じろりと見た。

「それは、どういう意味だね？」

「君原は、山中湖のペンションで、殺されています。しかも、十津川警部のお話では、どうやら、君原が、買い求めたペンションのような気がするんです。君原が、現金を持っているのなら、彼を殺して、金を奪い取るというのもわかりますけど、建物になってしまっているのに、相手を殺してしまっては、何にもならないと、思いますけど」

「素人《しろうと》は、そう考えるかもしれんな」

と、三沢が、したり顔に、いった。

「それ、どういう意味ですの？」

「人間というのはね。理屈《りくつ》に合うから殺すわけじゃない。むしろ、理屈に合わないで殺すことのほうが、多いんだよ。素人には、それがわからないから、真犯人や、殺人の動機を、見失ってしまうんだ。犯人は、君原の分まで、手に入れようとして、彼に会いに行く。だが、君原は、自分の金で、山中湖に、ペンションを、買ってしまっていた。凶暴な犯人が、じゃあ、仕方がないといって、おとなしく、帰ると思うかね？むしろ逆だよ。金が手に入らないことに、カッとして、相手を殺してしまうのさ。或いは、君原を殺し、そのペンションを、叩《たた》き売ろうと思ったということだって、考えられるじゃないか」

「まあ、二人とも、待ちたまえ」

と、十津川は、割って入って、

「このペンションを、君原が、買ったかどうかは、今、山梨県警で、調査しているんだ。それが、はっきりしてからでも、結論を出すのは、いいだろう」

「ペンションの登記書類などは、なかったんですか？」

と、三沢が、きいた。

「私とカメさんで、室内を探したかぎりでは見つからなかったね」

「それなら犯人が、君原を殺して、持ち去ったんですよ」

「しかし、それなら、君原の死体を、隠すんじゃないかね？　死体が発見されてしまったら、ペンションは、売れなくなってしまうよ」

「死体を始末しようとしているところへ、警部と亀井刑事が、行かれたんじゃないでしょうか？　だから、犯人は、あわてて、逃げたということになったんだと思いますね」

と、三沢は、いった。

3

翌日の昼過ぎになって、山梨県警の矢代《やしろ》という警部から、十津川に、電話が入った。

「建物の中を、くまなく探しましたが、建物の登記書類は、見つかりませんでした」

と、矢代は、残念そうに、いう。

「それで、君原が、あの建物を買ったかどうか、わかりましたか？」

「あのペンションを、扱ったのは、大東商事《だいとうしょうじ》という会社なんですが、本店は東京で、こちらには、山中湖支店があるわけです」

「それで、君原のことは、わかりましたか？」

「君原は、一カ月ほど前に、東京本店の方にやって来て、ペンションをやりたいと、相談したそうです。その時、大東商事は、いくつかの場所を、君原に、示したようで、あの『ユートピア』も、その中に入っていたといっています。『ユートピア』は、七千万円の物件で、君原は、気に入っていて、買いたいといい、三日前に、頭金として、三千万円を払い、残金は、銀行から借りて、大東商事に支払いをすませたといっています」

「君原に、銀行が、四千万も貸したんですか？」

「保証人に、楠木かおりの名前があったし、あのペンションが、担保《たんぽ》物件になっているので、銀行は、貸したと、いっています」

「三千万円を払ったのは、三日前なんですね？」

「そうです」

「すると、明らかに、誘拐事件のあとですね」

「そうです。ですから、例の一億円の一部が、支払いに使われたのだと、思いますね」

「その他に、わかったことは、ありませんか？」

「被害者の死亡推定時刻が、はっきりしました。やはり、昨日の午後五時から、六時の間だということです。頭蓋骨《ずがいこつ》の複雑骨折だといっていましたね」

「凶器は？」

「まだ、出て来ませんね。犯人が、持ち去ったか、山中湖に、投げ込んでしまったのか、わかりません」

「三日前に、君原が、三千万円を現金で払い、残りの四千万円を、銀行で借りて、払ったということですが、そうすると、当然、登記書類は、彼が、持っていたわけですね？」

「そうです。ですから、犯人が、持ち去ったに違いないと、思っています」

　矢代は、断定するように、いった。

「君原が殺されていた部屋に、犯人の指紋は、残っていましたか？」

「いや、犯人のものと思われる指紋は、検出されませんでした。恐らく、犯人は、手袋をはめていたんだと思いますね」

「犯人の目撃者は、いませんか？」

「今日も、聞き込みをやっているんですが、まだ、見つかっていません。あのペンシヨンだけ、ちょっと離れた場所に建っているので、目撃者が、いないんだと、思っていますが」

「大東商事の社員ですが、君原は、一人で来たといっているんですか？」

「そういっています。ただ、一カ月前に、来た時は、若い女性と一緒だったと、いっていますね。その女性が、多分、楠木かおりだと思います」

と、矢代は、いった。

恐らく、そうだろう。

十津川は、どうしても、もう一度、楠木かおりに会って、話を聞かなければならないと、思った。

十津川は、亀井と二人で、再び、田園調布の正木病院を訪ねた。

しかし、受付で、来意を告げると、

「楠木かおりさんはもう、いらっしゃいませんよ」

と、いわれた。

「いない？　退院したんですか？」

「今朝早く、楠木さんがお見えになって、強引に、退院して行かれたんです。ここに入っていると、警察やマスコミが、押しかけて来て、娘が、ノイローゼ気味になってしまったと、おっしゃっていました」

「すると、彼女は、自宅に帰ったんですか？」

「と、思いますが」

「ちょっと、電話を貸してください」

十津川は、受付の電話で、楠木家に、掛けてみた。

若いお手伝いが、電話口に出た。

「ご主人は、いらっしゃいますか？　私は警視庁の十津川ですが」

十津川がいうと、相手は、

「お留守です」

「では、お嬢さんのかおりさんを出してください」

「お嬢さんも、いらっしゃいません」

「それは、お二人で旅行に出かけているということですか？　それとも、今だけ、外出中ということですか？」

「私には、わかりかねます」

「今朝、楠木さんが、田園調布の正木病院へ行って、お嬢さんを引き取ったことは、わかっているんですよ。いったん、そちらへ、帰ったんじゃないんですか？」

「いいえ。ご主人さまも、お嬢さんも、ここには、いらっしゃいません」

お手伝いは、おうむみたいに、繰り返した。

十津川は、電話を切ると、舌打ちをして、

「困った人だ」

「父親としての気持ちは、私にも、わかりますが、こんな勝手なことをされると、捜査に、支障を来《きた》しますね」

と、亀井も、いった。

「自宅に、いるのかもしれんね」

「これから、押しかけてみますか？」

4

十津川と、亀井は、楠木家に、行ってみることにした。

楠木かおりが、自宅に戻っている可能性も考えられたからである。

白い塀をめぐらせた宏大《こうだい》な邸の前に立ち、十津川が、インターホンのベルを押した。

電話の時と同じ女の声が、聞こえた。

「どなた様でしょうか？」

「さっき電話した捜査一課の十津川ですが、ご主人か、お嬢さんに、ぜひ、お会いしたいのですよ」

「さっき申しあげましたように、お二人ともいらっしゃいません」

相手は、切り口上《こうじょう》で、いった。

「社長は、会社のほうへ行かれているんですか？」

「存じません」

「じゃあ、社長の行きそうな所を教えてくれませんか？」

「それも、存じません」

「何か、社長やお嬢さんから、連絡はないんですか？」

「ありません」

取りつく島がないというのは、このことだろうと、十津川は思いながら、

「これは、殺人事件が関係しているのですよ。嘘《うそ》をつくと、逮捕されますよ。それは、わかっているんでしょうね？」

「わかっています。嘘はついていません」

「では、社長とお嬢さんの居所がわかったら、すぐ、警察に連絡してください。わかりましたね」

と、十津川は、いった。

この間も、楠木邸の門は、閉ざされたままである。

「楠木は、娘が、君原と示し合わせて、今度の誘拐事件を起こしたと思い込んで、わ

れわれや、マスコミから隠すつもりなんでしょうか？」

亀井は、楠木邸を、睨《にら》むようにして、十津川に、いった。

「何しろ、ひとり娘だからね。父親として、ひとり娘を、守ろうとしているんだろう」

十津川が、いうと、亀井は皮肉な眼付きをして、

「ワールド時計の信用を守ろうとしているのかもしれませんよ。娘が誘拐されたということで、ワールド時計は、同情されたわけですが、その誘拐が、娘と恋人の示し合わせた芝居となれば、同情が、非難に変わりますからね」

「まあ、娘に対する愛情のためと、考えたのかねえ」

十津川は、苦笑した。

「しかし、楠木かおりには、一刻も早く、会う必要がありますね。私は、三沢刑事と同じで、今度の誘拐劇は、かおりと君原が仕組んだ芝居だと思いますから」

「そうだとすると、逃げている犯人と、君原は、どこかで、つながっていることになるね」

「犯人、君原、それに、殺された原田夫婦とは、つながっていると思いますね。ワールド時計から、一億円を奪い取ろうと持ちかけたのは、君原だと思います。それに、犯人と、原田夫婦が、乗ったんでしょう」

「そして、犯人は、原田夫婦を殺し、君原まで殺してしまったというわけか」

「その理由も、想像がつくような気がしますね」

「どんなふうにだね？」

「誘拐劇のシナリオを書いたのは、君原だったと思います。しかし、彼は、あの『京都号』には、乗っていませんでした。多分、車で、京都駅で待っていたんだと思いますね。つまり、君原は、計画は立てたが、難しい実行部分は、原田夫婦と、逃げている犯人にやらせたわけです。そのくせ、多額の分け前を要求したので、相手が怒って、君原を殺したんだと思いますね」

5

捜査本部に戻ると、十津川は、楠木が、娘のかおりを隠した場所を、探すことにした。

最初は、自宅に、隠しているのではないかと思ったが、警察が調べることは、当然、考えるはずである。

とすると、別の場所ということが、想像されてくる。

（どこだろうか？）

まず、考えられるのは、楠木の持っている別荘である。

次に考えられるのは、楠木が、よく利用しているホテルや、旅館だ。東京から離れたホテルに隠れてしまったら、なかなか、見つからないだろう。

他には、楠木の友人、知人の家ということである。

ワールド時計の社長の友人、知人となれば、資産家も多いだろう。家も大きいだろうし、別荘を持っている人間も沢山いるはずである。楠木が頼めば、かおりをかくまうことぐらいは、喜んで、するはずなのだ。かおりは、別に、犯人ではないし、現在は、被害者になっているのだから。

十津川は、日下と、西本の二人の刑事を呼んだ。

「君たちには、楠木の自宅と、ワールド時計の本社を、見張ってもらいたい。かおりは、現われないだろうが、父親の楠木は、姿を見せるだろうからね」

と、十津川がいうと、日下が、

「三沢刑事と、北原君が、やるんじゃないんですか？」

「あの二人は、水谷夫婦の行方を追っているんだ」

「しかし、水谷夫婦は、すでに殺されているはずだと、三沢刑事は、いっていましたが」

「それは、彼だけの考えさ」

と、十津川は、いった。

北原早苗は、水谷夫婦が、実際に沖縄へ行ったと考えているが、沖縄の警察からは、水谷夫婦が見つかったという報告は、いっこうに、入って来なかった。

三沢は、それみたことかという顔で、

「水谷夫婦は、もう、殺されているんだ」

と、早苗に、いった。

十津川は、楠木の別荘や、友人、知人の家、或いは、楠木が、よく行っていたホテルや、旅館の洗い出しに、全力をあげた。

どうしても、君原が殺されたことについて、楠木かおりの証言が欲しかったからである。

もし、今度の誘拐が、君原とかおりの芝居だったとすれば、彼女が、今、逃亡している犯人の名前を知っている可能性があったからである。

楠木家の別荘は、箱根《はこね》にあった。

十津川は、神奈川県警に要請して、この別荘を調べてもらった。

しかし、ここには、現在、管理人しかいないという返事が、届いた。

次に楠木の友人、知人の名前である。

刑事三人に調べさせたのだが、この人数が、大変だった。

範囲を広げると、いくらでも、増えていくのである。

それに、実際に調べてみないと、本当に親しい友人かどうかわからなかった。

黒板に、書き出された三十人を越える名前を見て、十津川は、憮然《ぶぜん》とした。

楠木が、娘を隠したりしなければ、こんな作業は、必要なかったと思ったからである。

とにかく、一人ずつ、当たってみることにした。

翌日も、翌々日も、その作業が、続いた。

黒板の名前は、一つずつ消されていったが、楠木かおりをかくまっている人間は、見つからなかった。

九日の昼まえになって、楠木が、自宅に戻ったという日下からの知らせが入った。

十津川と、亀井は、パトカーで、楠木邸に、急行した。

邸の前に、待っていた日下が、

「楠木かおりと、一緒じゃありません」

と、十津川に、いった。

「車で、帰って来たと、いったね？」

「楠木が、自分で運転して、戻って来ました。他には、誰も、乗っていませんでした」

「どこへ娘を置いてきたのかな」

十津川は、口の中で呟《つぶや》きながら、門についているベルを押した。

6

楠木は、会うのを拒否はしなかった。

お手伝いが出て来て、十津川と、亀井を一階の応接室に通した。

楠木は、疲れた顔をしていた。

和服の袖《そで》から、煙草を取り出して、火をつけたが、苦い顔をして、すぐ、消してしまった
「お嬢さんに、会わせて頂けませんか？」

十津川は、単刀直入に、いった。

「それは、できませんね」

と、楠木が、無表情に、いった。

「なぜですか？」

「彼女は、精神的に参ってしまっていて、人に会える状況じゃないからですよ。父親として、娘を守りたいですからね。大丈夫ということになったら、いくらでも、会わ

せますよ」

「今度の事件は、誘拐事件です。しかも、二人の男女が、殺されました。その上、君原さんまで、殺されてしまったんです。それは、ご存じでしょうね？」

「そんなことは、わかっていますよ」

楠木は、うるさそうに、小さく頭を振った。

「それなら、ぜひ、お嬢さんに、会わせてください。どうしても、聞かなければならないことがあるんです。今度の事件を解決するために、必要なことなんですよ」

「娘は、被害者ですよ。それに、警察には、もう、全て、喋《しゃべ》ったはずです。クロロフォルムを嗅《か》がされて、『京都号』から降ろされ、目隠しをされて、車で、東京へ運ばれた。だから、犯人の顔を見ていないと、話したんじゃなかったのですか？」

「確かに、それは、聞きました」

「それなら、もう、いいでしょう？　娘も、それ以上、話すことはないと、いっているんです」

「最初は、私も、お嬢さんの証言を、そのまま、信じました。しかし、今は、お嬢さんが、何かを、隠していらっしゃるんじゃないかと、思っているんです。特に、お嬢さんの恋人の君原という青年が殺されたことで、何か知っていらっしゃると、思っているんですがね」

「そんなはずはない！」

　楠木は、顔を赤くして、怒鳴った。

「会わせてくだされば、わかりますよ」

「君原という男と、うちの娘とは、もう、切れていたんだ」

「それなら、なぜ、お嬢さんの病院のメモ用紙に、君原が買うことにした山中湖のペンションの電話番号が、書いてあったんでしょうか？」

　十津川がきくと、楠木は、一瞬、黙ってしまったが、前よりも、更《さら》に、語気を強くして、

「それは、君原が勝手に電話してきたんだと思いますよ。娘は、仕方なく、相手がいう番号をメモしたんだと思う。しかし、会う気はなかったと思うね」

「それは、お嬢さんに、聞かれたんですか？」

「いや、私は、そんな電話番号のメモがあったことも知らなかったし、君原とは、完全に切れたと思っていたからね」

「君原は、山中湖近くのペンションを、自分のものにするために、三千万円を、まず、手支払っています。彼に、そんな大金があるわけがありません。今度の誘拐事件で、手にしたに決まっているのです。お嬢さんの恋人の君原が、誘拐に関係しているとすると、無事に釈放された理由も、わかってきます。多分、お嬢さんも、君原が関係して

いたことを、知っていたか、或いは、気付いたと思います。それを、話して、頂きたいのですよ」

「十津川さん」

「はい」

「勝手な想像は、困りますね。娘は、何度もいいますが、事件の被害者ですよ。私もだ。そして、娘は、犯人の顔を見ていないと、証言しているんです。それで、充分じゃないですか。いいかげんで、娘を、静かにさせてくれませんかね。警察だけでなく、新聞記者だって、何かあると疑って、病院を、のぞき込んでいる。それも、警察が、妙な疑いを、娘に持っているからだ。奴らは、敏感ですからね。娘が、どんなに苦しんでいるか、わかりますか？」

「お嬢さんには、ご迷惑は、おかけしませんよ。それは、約束します」

「いや、放っておいてくれるのが、一番いいのです。そうしてください」

「お嬢さんは、どこですか？」

「それは、申し上げられませんね」

「令状を持って来ても、教えて頂けませんか？」

十津川が、きくと、楠木は、手を振って、

「絶対に、教えられませんね。それが、けしからんというのなら、私を、逮捕したらいい」

「犯人逮捕に、協力して頂けないわけですか？」

「娘は、犯人を見ていないといっている。私は、その言葉を、信じているんです。それだけのことですよ。別に、警察が、犯人を逮捕しようとしているのを、邪魔するつもりはありません。むしろ、一刻も早く、逮捕してもらいたいと、思っています。ただ、犯人について、何も知らない娘は、そっとしておいてほしい、というだけのことです。それがいけないというのなら、私を、逮捕したらいいと、いってるんです」

「弱りましたね。五、六分、お嬢さんと、話をさせてもらうだけで、いいんですがね」

「日本の警察は、優秀なんでしょう。うちの娘の証言なんかなくても、犯人を逮捕できるんじゃありませんか？　そうしてもらいたいですね」

楠木は、硬い表情で、いった。

十津川は、根負けした恰好《かっこう》で、亀井を促して、立ち去った。

二人は、邸を出た。

「あの頑固さには、あきれましたね」

亀井が、舌打ちをした。

「あれでは、令状を貰《もら》っても、駄目だな。楠木は、喜んで、逮捕されるだろうね。何をしてでも、娘を、われわれに、会わせないつもりだ」

「いっそ、楠木を逮捕したらどうでしょうか？　楠木かおりは、実際には、被害者ではなく、誘拐劇を仕組んだ犯人の可能性が出てきたわけです。いわば、犯人です」

「犯人を隠匿《いんとく》したということで、楠木を、逮捕するわけかね？」

「そうです。父親が逮捕されれば、娘のかおりは、あわてて、出て来ると思います」

「確かに出てくるだろうね。だが、われわれは、非難の的《まと》になるのを覚悟しなきゃならないよ。楠木かおりは、あくまで、可哀相な被害者なんだ。父親も同じさ。それなのに娘をおびき出すために、父親を逮捕したとなると、マスコミは、一斉に、警察を非難するにきまっている。そのほうが、読者に、うけるからね」

「かもしれませんが――」

「そうなると、かえって、捜査は、難しくなってしまうかもしれない」

十津川は、肩をすくめるようにして、いった。

第十一章　ある接点

1

捜査会議が、持たれた。

楠木を、逮捕するかどうかを決定するための会議だった。

本多捜査一課長の他に、三上刑事部長も、参加した。

それだけ、重大だということだった。

何といっても、楠木は、ワールド時計の社長である。財界はもとより、政界にも、知己《ちき》は多いし、いざとなれば大金で、優秀な弁護士を、何人も、用意するだろう。

「それに、楠木を逮捕するとして、容疑は、何なんだね？」

と、三上が、十津川に、きいた。

「それについて、亀井刑事とも、いろいろ、話し合ったんですが、これといった容疑は、ありません。われわれの捜査を妨害してはいますが」

　十津川が、いった。

「妨害って、君。一人娘を、マスコミから隠したというだけじゃないのか？」

「彼女は、今度の事件について、何かを知っています。少なくとも、事件のあと、君原と電話連絡したことだけは、間違いないのです。ですから、彼女に会えば、何かわかるはずです。楠木は、それを妨害しています」

「それだけで、逮捕できるかね？　本多君」

　三上は、捜査一課長を見た。

「そうですな」

　と、本多は、考えながら、

「まず、無理でしょうね。かおりは、犯人じゃありません。むしろ、誘拐事件の被害者ですから、犯人隠匿にはなりません。マスコミも、楠木の行為を、父親として当然と、支持するでしょう。十津川も、そう考えています」

「じゃあ、どうしようもないじゃないか」

「それで、楠木を、重要参考人として引っ張れないかと、思うんですがね」

　と、本多が、いった。

「それで、娘のかおりが、果たして、名乗り出て来るかね。もし、娘は出て来ないし、マスコミには、叩《たた》かれたでは、困るよ」

「これは、賭《か》けです」

「賭けじゃあ、困る」

「重要参考人として、呼びましょう」

十津川が、三上部長に、いった。

「君も、賭けのつもりかね？」

「そうですが、これは賭けるだけの価値があると思います」

「理由は？」

「君原は、山中湖近くのペンションで殺されていました。誘拐事件の犯人たちの仲間割れと思われます。殺したのは、多分、原田一夫のニセモノになった男でしょう。この男を、一刻も早く、捕まえたいのです」

「楠木を、重要参考人で、引っ張れば、その男を、見つけ出せるのかね？」

「今のところ、その男については、あまり、わかっていません。喫茶店『ピノキオ』で、原田一夫と知り合ったのだろうということだけです。モンタージュは出来ています。君原が仲間だとすると、犯人は君原とも、どこかで、つながっているのではないかと思うのです。それを、或いは、楠木かおりが、知っているのではないか、と思います」

「彼女が知らなかったら？」

「賭けは失敗で、われわれは、非難されることになります」

「他に、方法はないのかね？　もう一度、楠木に会って、娘の居場所を教えるように、説得できないのかね？」

三上は、十津川を見、本多を見た。

「説得は、十津川君が、何度もやりましたが、無駄でした。楠木は、娘を隠して、絶対に、われわれに、会わせないつもりです」

「楠木かおり以外のルートで、犯人に近づくことは、できないのかね？」

「それを、三沢刑事と、北原刑事がやっていたのですが、肝心の喫茶店のマスター夫婦が、どこかに消えてしまい、手掛かりがなくなってしまいました」

「その夫婦も、犯人が、殺したのかね？」

「三沢刑事は、そう見ていますが、北原刑事は、単に、旅行に出かけたんだと見ているようです」

「君自身は、どう見ているんだ？」

「わかりません。ただ、まだ殺されていないとしても、犯人を早く逮捕しないと、危険になることは、充分に考えられます」

「どうしても、賭けということになるのかね。重要参考人としてではなく、ただ、話を聞くだけに、ここへ、呼ぶというのは、どうだね？　それなら、マスコミの非難も浴びずにすむだろう？」

「しかし、それでは、娘のかおりは、出て来ませんよ」

「わかった」

と、最後に三上部長が、いった。

2

楠木は、重要参考人として、捜査本部に連行された。

夕刊には、K氏とだけ出たが、誰にも、K氏が、ワールド時計社長の楠木と、わかるだろう。

十津川が、一度だけ、楠木に、「お嬢さんの居所を教えてください」と、いったが、それが、拒否されると、もう訊問《じんもん》はしなかった。

狙《ねら》いは、あくまでも、楠木ではなく、娘のかおりだったからである。

その日、楠木を、留置した。

当然、記者たちは、なぜ、被害者の父親を、留置したのかと、質問してきた。

娘のかおりを、おびき出すためとは、いえなかった。

「今は、ノーコメントです」

と、十津川は、いった。

記者たちが、そんな言葉で、満足するはずはなかったし、楠木の弁護士も、押しかけて来た。

それを、何とか防波堤になって、防いでくれたのは、本多である。

本多の、のらりくらりした誤魔化《ごまか》し方は、天下一品で、相手が、根負けしてしまうのだ。

十津川は、その夜、捜査本部に、泊まり込んだ。

かおりは、どこかで、夕刊なり、テレビなりを見ていたら、父親が、重要参考人として、連行されたことは、知っているはずである。

いつ、電話してくるかわからないので、十津川は、亀井たちと、捜査本部に、泊まり込んだのである。

交代で、電話の番をしたのだが、夜が明けても、とうとう、かおりからは、掛かってこなかった。

十津川が、顔を洗い、インスタントコーヒーをいれていると、亀井がやって来て、

「留置場を見てきました」

「楠木はどんな様子だね？」

「やはり、眠れないようで、朝まで、輾転《てんてん》としていたそうです」

「そうだろうね」

と、十津川は、肯き、亀井のカップにも、コーヒーを注《つ》いだ。

そのコーヒーを、亀井は、一口飲んでから、

「かおりは、連絡してくるでしょうか？」

「さあね。彼女が、父親を、どう思っているかだろうね。憎んでいれば、名乗り出ないだろうね」

「といって、いつまでも、楠木を、留めておくわけにはいきません。四十八時間ぐらいですか？」

「いや、四十八時間なんて、無理だよ。せいぜい二十四時間だ。それだって、警察は横暴だといわれるよ」

「そうでしょうね」

「賭けは、負けかな」

十津川は、眉《まゆ》を寄せて、コーヒーを飲んだ。

「まだ、時間は、ありますよ」

亀井が腕時計に、眼をやって、いう。

「だがね。昨夜、何の連絡もなかった。人間というのは、夜になると、心細くなるも

のだ。明るくなると、また、気が強くなってくる。夜、連絡してこなかった楠木かおりが、これから、電話してくるだろうか？」

「とにかく、待ちましょう」

と、亀井が、いった。

三上部長は、心配して、時々、のぞきに来た。

だが、かおりから、電話が、掛かる気配はなかった。

昼がきた。

弁護士は、告訴すると、いってきた。

やっと、女の声で、電話が入ったのは、そんな時だった。

「楠木かおりです」

と、相手が、いった。

「十津川です」

「父を、すぐ、帰してください」

「あなたが、会ってくだされば、今すぐにでも、楠木さんは、釈放します」

「私は、そちらへは、行けませんわ」

「どこへ行けば、あなたに、会えるんですか？」

「警部さんひとりで、来てくれますか？」

「いいですよ」

「本当に、ひとりで、来てください」

「約束は、守ります」

「じゃあ、午後三時に、帝国ホテルの中のグッチの店の前に行きます」

「帝国ホテルですね」

「ええ」

3

十津川は、午後三時きっかりに、楠木を釈放するように、念を押しておいて、捜査本部を出た。

帝国ホテルには、二時半に着いた。

別館に、名店街がある。外国のブランド品を売っている小さな店が、何店も、入っている。

約束の時間より早かったが、十津川は、別館へ、足を運んだ。

(楠木かおりは、よく、ここへ来るのだろうか?)

そんなことを考えながら、十津川は、グッチの製品を売っている店を、のぞいた。

まだ、かおりは、来ていなかった。

十津川は、財布の中身を思い出しながら、その店で、小さなキーホルダーを買った。それでも、普通のキーホルダーに比べると、かなり高かった。

午後三時、きっかりに、かおりが、姿を見せた。

すらりとした長身は、変わらなかったが、顔色は、病院で見た時よりも、一層、蒼《あお》白《じろ》くなったように見えた。

「大丈夫ですか？」

と、十津川は、自然に、心配になって、きいてみた。

かおりは、その質問に答える代わりに、

「父は、釈放されました？」

「ええ。午後三時に、釈放されました。今から一分前です」

「あの時、すぐ、釈放してくださらなかったのは、私の言葉を、信用できなかったからですか？」

「いや。あなたは、信用できました。ただ、お父さんが、警察を出たら、すぐ、あなたに連絡して、警察に会うなと、いうに決まっていたからです。父親としては、当然でしょうが、それでは、われわれが困るので、午後三時まで、引き延ばしたんです」

「用心が、いいんですわね」

かおりは、軽い皮肉を籠《こ》めて、いった。

「何としても、犯人を逮捕したいだけですよ」

と、十津川はいった。

かおりは、歩きながら、話をしたいと、いった。

二人は、本館の正面からホテルを出ると、通りを渡り、日比谷《ひびや》公園前の歩道に出た。

それを、皇居の方へ歩きながら、

「君原さんが、殺されたことは、知っていますね？」

と、十津川は、切り出した。

並んで歩いているので、かおりの顔色の変化は、わからなかった。

「ええ」

とだけ、彼女は、肯いた。

「私は、最初、君原さんは、今度の誘拐事件とは、無関係だと、思っていたんです。しかし、殺されてみると、そうは、いい切れなくなりましてね。人質だったあなたが、無事に釈放されたことも、考え合わせると、どうしても、君原さんが、一枚、噛《か》んでいたような気がするんですよ」

「君原さんは、関係ありませんわ」

「しかし、それなら、なぜ殺されたんでしょうね？　それに、彼は、山中湖の近くにペンションを買うだけの金、といっても、全額じゃありませんが、持っていたんです。あの金は、どうしたんですかね？」

十津川が、きくと、かおりは、黙ってしまった。

「じゃあ、他のことを聞きましょう。犯人に、本当に、心当たりは、ないんですか？」

「ええ、ありませんわ」

「原田一夫と幸子という名前にもですか？」

「ありませんわ」

「じゃあ、『ピノキオ』という喫茶店は、どうですか？」

「――――」

「知っているんですか？」

「いいえ」

「正直に、いってください。このままでは、また、あなたのお父さんを、呼ばなければならなくなるんです」

十津川は、嘘《うそ》をついて、脅した。

「そんな――」

「誘拐事件の犯人として、今、わかっているのは、原田一夫のニセモノであるXという人物と、原田一夫、幸子の三人です。この三人は、『ピノキオ』という喫茶店で、つながっているのです。ただ、三人と、あなたや、君原さんとの接点がないんですよ。私はどこかで、つながっていると、信じているのです。いや、君原さんが、彼等の仲間だと断定しているわけじゃありませんよ。彼らが、あなたや、君原さんのことを、よく知っていて、あなたを誘拐し、君原さんの名前を、利用したんじゃないか。とすると、前に、どこかで、会っているはずだと、思うのですがねえ」

日比谷の交叉点へ着き、信号が変わるのを待って、二人は、皇居側へ、渡った。

子供が、パン屑《くず》を、濠《ほり》の鯉《こい》にやっていた。

「どうですか。『ピノキオ』という喫茶店を、知りませんか？」

十津川は、店のある場所も、いった。

だが、それでも、かおりは、黙っている。十津川は、粘り強く、彼女の返事を待った。

そのまま、濠端を、祝田橋《いわいだ》まで歩いた時、かおりが、急に、

「『ピノキオ』という喫茶店は、知りませんけど、誘拐された時、犯人が、君原さんのことを知っている。彼も、この計画に、加わっているんだと、いったんです」

と、いった。

「ほう」

十津川は、やっと、事実の片鱗《へんりん》を聞かせてもらえたような気がして、かおりの横顔に、眼をやった。

「しかし、そんな言葉は、信じなかったんでしょう？」

「ええ。でも――」

「でも、何ですか？」

「犯人が、君原さんのことを、よく知り過ぎている気がしました。それで、私は、ひょっとしてと、思ってしまったんです」

4

「それで、今まで、何も喋《しゃべ》ってくれなかったんですか？」

「申しわけありませんでした」

かおりは、眼を伏せた。

「あなたが、謝《あやま》ることはありませんよ。今度の事件で、あなたは、あくまでも、被害者なんですからね」

十津川が、いうと、かおりは、眼をあげて、

「でも、私と、君原さんで、下手な芝居を打ったと、思っていたんでしょう？　そう

なら、私は、被害者じゃなくて、犯罪者の一人だと」

「その可能性もあるとは、思っていましたよ」

「今は？」

「あなたと一緒に、臨時特急の『京都号』に乗った北原刑事が、いっていました。あなたを、ずっと見ていたが、芝居をしているようには、見えなかったと」

「ああ、あの婦人警官の方ですわね」

「私は、女性の直感力を信じるほうでしてね。恐らく、犯人は、あなたの恋人の君原さんが、自分たちの仲間だといい、それを、あなたが信じたので、あなたを、解放したんでしょう。あなたが、それを信じているかぎり、沈黙を守ると、考えたからだと思いますね」

「私も、そう思います」

「犯人が、君原さんのことを、よく知っていたので、ひょっとするとと、思ったと、いいましたね？」

「ええ」

「具体的に、どんなことを、犯人は、知っていたんですか？」

と、十津川は、きいた。

「例えば、君原さんの子供の時のことなんかも、よく知っているんです。彼は、小学校三年生の時、家出をしたことがあるんです。父親に叱られて、家を飛び出しちゃったんだそうです。でも、小学校の三年生だから、お金も持ってないので、終電車の出てしまった線路を、ひとりで歩いて行ったんですって。夜が明けるまで、歩き続けたって、いっていました」

「それを、犯人は、知っていたんですか？」

「ええ」

「他には？」

「彼は、左手の甲《こう》に、傷痕《きずあと》があるんです。その傷のことは、彼は、あまり話したがらなかったんですけど、高校時代に、新宿の盛り場で、チンピラとケンカした時、ナイフで切られたんだと、教えてくれたんです。それも、犯人が知っていたもんですから」

「なるほど。だから、君原さんが、犯人の仲間の一人だと、思い込んでしまったわけですね？」

「ええ」

「犯人は、君原さんも仲間だから、釈放しても、何もいうなと、いったんですね？」

「そうです」

「今は、どう思います？　君原さんが、犯人の一味だと、思いますか？」

「いいえ」

かおりは、強く、首を横に振った。

「なぜですか？」

「彼が、違うといいましたもの」

「やはり、病室に、彼から電話があったんですね？」

「ええ」

「その時、彼は、何といったんですか？」

「私が、事件のことを聞いたら、絶対に、関係がないといっていました。だから、会いたい。その時に、話をするとも、いっていたんです。それが、こんなことになってしまって――」

かおりは、急に、絶句した。
五、六秒して、彼女は、顔を上げて、
「すみません」

「いや、構いませんよ。君原さんは、山中湖の近くに、ペンションを買っていました。それに、事件の前から、姿を消していた。これを、どう思いますか？　彼は、ペンションを買うような金は、持っていなかったんじゃないですか？」

「わかりません。それを聞こうと思っていたら、殺されてしまったんです」

かおりは、また、俯《うつむ》いてしまった。

5

「もう一度、聞きますが、犯人は、君原さんのことを、よく知っているんですね？」

「ええ」

「すると、犯人は、君原さんの近くにいた人間ということになりますね。彼のことを、よく知ることのできた人間というわけだ」

と、十津川は、いった。

「そして、喫茶店『ピノキオ』で、原田夫婦に、接触した」

十津川は、かおりに、話をしてくれた礼をいい、タクシーを停めて乗せた。

彼女を乗せたタクシーが、走り去るのを見送ってから、十津川は、地下鉄の駅に向かって、歩き出した。

十津川は、楠木かおりが話をしてくれたこと、全てが、事実だとは、思っていなかった。肯きながら聞いていたが、頭の中では、取捨選択していたのである。

かおりは、君原も、仲間だと、犯人にいわれて、ひょっとしたらと考えてしまったといった。

これは、事実かもしれない。

だが、あとで、それが嘘だとわかったともいう。

これは、にわかに、信じ難《がた》い。何といっても、殺された君原は、誘拐事件の起きる一週間前から、姿を消していた。

もう一つ、売れないカメラマンのくせに、君原は、山中湖近くのペンションを買っている。

たとえ、姿を消していた一週間の間、何かアルバイトをしていたとしても、ペンションを買えるような金が、儲《もう》かったとは、思えない。

どうしても、犯人が、身代金として手に入れた一億円の一部としか考えられないのだ。

また、だからこそ、君原は、ペンションで、殺されたのではないのか。

十津川は、捜査本部に戻ると、亀井や、三沢、それに、北原早苗たちを集めて、楠木かおりから聞いた話を伝えた。

反応は、さまざまだった。

三沢は、やはり、君原も犯人の一人で、楠木かおりも、組んで一芝居打ったといい、早苗は、ただ、かおりの話を、そのまま、事実として、受け取ったようである。

ただ、犯人が、君原と親しかった人間ということでは、意見が、一致した。

「君原と親しかった男で、しかも、『ピノキオ』に、時々、顔を出していた人間ということになりますね」

と、亀井が、代表する形で、いった。

「では、その線で、聞き込みをやってくれ。同じ大学だったのかもしれないし、カメラマン仲間ということも考えられる。犯人のモンタージュを持って、そうした関係者に、当たってもらいたい」

と、十津川は、いった。

手のあいている刑事は、全員が、動員された。

君原のカメラマン仲間の一人一人に、刑事は、当たってみた。

大学にも、訪ねていった。

高校、中学、小学校と遡《さかのぼ》って、調べてもみた。

しかし、一日、二日と過ぎても犯人と思われる男は、見つからなかった。

四日目の八月十四日のことだった。

聞き込みに出ていた北原早苗から、電話が入った。

「あの夫婦が見つかりました！」

と、いきなり、大声で、彼女が、いった。

「夫婦？」

「喫茶店『ピノキオ』の水谷夫婦です。こちらに廻ってみたら、帰っているんです！」

早苗は、相変わらず、興奮した調子で、いった。

「君は、今、どこにいるんだ？」

「あの店の近くです。水谷夫婦は、今、店を開けています」

「私も、そこへ行く」

と、十津川は、いった。

車で、駈《か》けつけた。「ピノキオ」の傍で、車を停めると、早苗が、近寄って来た。

「なるほど。営業中になっているね」

十津川は、車を降りて、早苗に、いった。

「犯人が、来るかもしれないと、見張っていたんですが、客は、まだ、一人も、入っていません」

「じゃあ、われわれが、最初の客に、なろうじゃないか」

十津川は、早苗を促して、「ピノキオ」のドアを開けた。

がらんとした店の、カウンターの中で、水谷夫婦が、準備している。

十津川と、早苗は、並んで、腰を下ろし、コーヒーを注文した。

そのコーヒーを、一口、飲んでから、十津川は、

「どこへ行かれてたんですか?」

と、きいた。

「それが、東北の温泉で、のんびりしていました。たまには、精神のリフレッシュになって、いいもんですよ」

水谷は、ニコニコ笑いながら、いった。

「沖縄じゃなかったんですか?」

早苗は、眉を寄せて、水谷を見、彼の妻を見た。

「沖縄ですか?」

水谷が、逆にきき返した。

「そんな噂《うわさ》を、聞いたからです」

「沖縄のパンフレットは、貰《もら》いましたけどね。家内が、温泉に行きたいと、いいますのでね。東北の温泉ということに、したんです」

カウンターの上には、向こうで、土産《みやげ》に買ったという鳴子《なるこ》こけしが、二つ、並べて置いてあった。

早苗は、続けて、

「それにしても、九日間も休みとは、ずいぶん長かったですね」

と、きいた。

「いや、最初は、五日間のつもりだったんですが、予定を変更したんですよ。それが何か？」

と、水谷はいった。

十津川は、ポケットから、犯人のモンタージュを取り出して、水谷夫婦の前に置いた。

「この男に、見覚えはありませんか？　この『ピノキオ』に、時々、来ていたはずなんですがね」

十津川がきくと、水谷は、顔をしかめて、

「前にも、刑事さんにきかれましたが、見覚えは、ありませんね」

「この男ですが、すでに、三人の人間を殺しています。そして、恐らく、また、一人、殺すかもしれません」

十津川が、いうと、水谷は、押し黙っていたが、奥さんのほうは、蒼い顔で、

「そんなこと、信じられませんわ」

「いや、ある若い女性が、殺される危険があるのです。この写真の男は、その女性を誘拐して、一億円の身代金を手に入れました。しかし、人質だった女性に、声を聞かれているので、殺す可能性があるんです」

「信じられませんね。そんなこと――」

「奥さんの知り合いですね？」

十津川は、相手の顔を、じっと、見つめた。

彼女は、顔をそむけてしまった。

「もし、この男を知っているのなら、名前を教えてくれませんか。この男のためでもあるんですよ。これ以上、殺人を犯させないために、逮捕したいのです」

「知りませんわ」

彼女は、顔をそむけたまま、否定した。

水谷は、複雑な顔で、黙ったままである。彼も、多分、モンタージュの男のことを、知っているのだ。

「もし、思い出すことがあったら、連絡してください」

と、十津川は、夫婦にいって、店を出た。

早苗は、「ピノキオ」を、振り返って、

「やはり、あの夫婦は、犯人のことを、知っています」

「すぐ、あの奥さんの家族関係を調べよう。親戚《しんせき》にでもいるはずだ。時々、あの店を、手伝いに、来ているんだろう」

「それに、犯人は、どこかで、君原と、接触しています」

「そうだな。その両方から、しぼっていけば、自然に、犯人は、浮かび上がってくるな」

と、十津川も、肯いた。

その推理は、すぐ、正しいと、わかった。

君原と親しかったカメラマンの名前が、まず、浮かび上がってきたのである。

その方面の調査に当たっていた三沢刑事が、問題の男の名前を、十津川に、報告した。

「今村栄《いまむらさかえ》という男です。年齢は、三十一歳。カメラマンですが、今は、何をしているか、わかりません」

「君原とは、親しかったのかね？」

「若手だけで作ったグループに、二人とも、属していたことがあるそうです。今は、そのグループは、解散してしまっていますが」

「顔は、モンタージュに、似ているのかね？」

「写真は、手に入りませんでしたが、今村栄に会ったことのある人たちは、モンタージュに、そっくりだと、証言しています」

「現在は、所在不明か？」

「そうです。行方が、わかりません」

三沢は、肩をすくめるようにしていった。

一方、水谷の妻の親戚関係を洗っていた刑事も、同じ名前に、突き当たった。

今村栄、三十一歳。遠い親戚に当たっている。

生まれたのは、大阪で、地元の高校を卒業したあと、東京に出て、写真の専門学校に入り、カメラマンを、志《こころざ》した。

だが、現在まで、全く、売れなかった。

「最後に住んでいたのは、池袋のアパートですが、二週間前から行方不明です」

と、亀井が、十津川に、報告した。

「どんな性格の男なんだね？」

十津川が、きいた。

「カメラマンを目ざしながら、三十一歳まで、売れずにきたわけですから、どうしても、屈折した性格になってしまいます。表面的には、愛想はいいのだが、本心がわからない男だという人がいます。それから、やたらに、金を欲しがっていたそうです」

「それで、誘拐事件を計画したのか」

「君原から、楠木かおりのことを、いろいろと、聞いていたんだと思います。多分、臨時特急『京都号』のこともです」

「すぐ、この男を、指名手配しよう」

と、十津川は、いった。

今村栄が、指名手配された容疑は、誘拐と、殺人である。

水谷夫婦にも、尾行がつけられた。今村が、連絡してくる可能性が、あったからである。

海外へ、高飛びしていることも考えられるので、出入国管理事務所へも、問い合わせてみた。

しかし、今村栄が、海外へ出たことはないという返事だった。

犯人は、まだ、国内にいるらしい。

ひょっとすると、水谷夫婦が旅行した東北の温泉に、ひそんでいることも、考えられたので、東北の各県警にも、協力を、要請した。

だが、なかなか、今村栄は、警察の網に引っかかってこなかった。

どこへ消えてしまったのだろうか？

第十二章　東山《ひがしやま》温泉

1

二日が何の進展もないままに、空《むな》しく、過ぎてしまった。

全国に、指名手配したにも拘《かかわ》らず、今村栄の行方は、わからなかった。

(海外へ逃亡してしまったのだろうか?)

と、十津川は、思ったりした。

この男が主犯なら、金を持っているはずである。

入管では、今村栄が、海外へ出た事実は、つかんでいないというが、偽名で、逃亡したかもしれない。

八月十六日の午後である。

会津若松《あいづわかまつ》に近い東山温泉で、事件が持ちあがった。

東山温泉の近くを、湯川《ゆがわ》という川が流れている。というより、川の両側にホテルや、旅館が、建ち並んでいるといったほうがいいかもしれない。

その湯川で、男の水死体が見つかった。

上田勇《うえだいさむ》という名前で、東山Dホテルに泊まっていた男だった。

昨夜、酔って、川の傍を歩いていて、落ちたのだろうと思われたのだが、駐在の警官が、ホテルへ行き、従業員と一緒に、男のいた部屋を調べてみると、次のような遺書が、見つかった。

〈私の名前は、本当は、今村栄です。今、誘拐事件の犯人として、警察に追われている今村です。

今になって考えてみれば、申しわけないことをしてしまったと、後悔《こうかい》しています。

それに、逃げるのに疲れました。

上田勇こと今村栄〉

駐在の警官も、もちろん、ワールド時計の一人娘が、誘拐された事件のことは、知っていた。

驚いた警官が、県警本部に電話し、そこから、十津川たちに、報告された。

東山温泉で、今村が死んだという知らせは、十津川に、衝撃を与えたし、捜査本部全体にとっても、ショックだった。

「自殺ですか？」

と、亀井が、きいた。

「遺書があったそうだよ」

「どうも、わかりませんね。仲間まで、次々と殺していった男が、あっさり、自殺するものでしょうか？」

亀井は、首をかしげている。

「ともかく、東山温泉へ行ってみようじゃないか」

と、十津川は、いった。

十津川と亀井は、東北新幹線で、郡山《こおりやま》へ行き、そこから、磐越西線《ばんえつさいせん》で、会津若松へ。会津若松駅には、福島県警の車が、迎えに来てくれていた。

県警の滝田《たきた》という三十代の刑事が、十津川と、亀井に、あいさつした。

彼の運転する車が、東山温泉に、向かった。

「遺書の他に、何か見つかったかね？」

十津川が、きくと、滝田は、運転しながら、

「大金の入ったボストンバッグが、彼の部屋にありました」

「大金というと、いくらぐらいだね？」

「六千五百万円です」

「すごい大金だな」

「身代金だと思いますね」

「そうだろうね」

「今村栄に、間違いないんですか？」

と、亀井が、きいた。

「明日、母親と、水谷夫妻が、こちらに来るそうです。それと、指紋を、照合しています」

「自殺ですか？」

「最初は、酔っての事故死と思われたんですが、遺書が見つかりましたのでね。まあ、湯川に、身を投げたんじゃないかと思っていますが」

「遺体は？」

「現在、所持品と一緒に、全部会津若松署に置かれています。明日、家族に、確認してもらってから、解剖をされるはずです」

「遺書は、本人が書いたものかね？」

十津川が、きいた。

「ホテルに泊まるとき、本人が、宿泊カードを書いていますが、筆跡は、同じに見えます」

2

東山温泉に着いた時は、もう暗くなっていた。

東山Dホテルは、五階建ての真新しいホテルだった。

「ここに、お二人の部屋も、とっておきました」

と、滝田刑事がいった。

まず、予約してくれていた五階の部屋に案内された。

窓の下を、問題の湯川が、流れている。かなりの急流だった。このところ、水量が多くなっているという。

「今村が、泊まっていたのは、この階の一番端にあるエグゼクティブルームです」

と、滝田が、いった。

十津川と、亀井は、その部屋に、足を運んでみた。

エグゼクティブルトムという難《むずか》しい名前がつけられているだけに、和室が、二つに、洋間がついて広い。

「このホテルでは、一番上等のお部屋です」

と、女子従業員が、十津川に、いった。

「一泊いくらするのかね？」

「六万円です」

「死んだ人は、ここに、いつから泊まっていたの？」

「五日前からですよ」

「毎日、何をしていたのかね？」

「昼間は、ぶらぶら、散歩をなさっていて、夜は、毎日、芸者を呼んで、賑《にぎ》やかに、騒いで、いらっしゃいましたよ」

「芸者をねえ」

「だから、自殺したなんて、信じられないんですけどねえ」

と、彼女は、いった。

「電話が、外から、彼に掛かってきたとか、彼のほうから、外へ掛けたということは、なかったの？」

亀井が、彼女に、きいた。

「この部屋からは、ありませんでしたよ」

「と、いうと？」

「一階のロビーに、電話が三台あるんですけど、そこで、ここのお客さんが、電話を掛けてるのを、見ましたから」

と、彼女は、いう。

今村は、食欲もあったし、従業員に対して、愛想も良かったらしい。

遅い夕食をすませたあと、十津川は、今村の相手をした芸者を、呼んでもらった。

三十歳くらいの染子《そめこ》という芸者だった。

細面《ほそおもて》で、色の白い女だった。

「あたしと、弓子《ゆみこ》さんが、毎晩、呼んでもらっていたんです」

と、染子は、緊張した顔で、いった。刑事のお座敷など、初めての経験なのだろう。

「今村の様子は、どうだった？」

と、亀井が、きいた。

「どうって、普通でしたよ。お酒が強くて、面白いお客さんでしたわ」

「泊まったことは？」

「あたしが一回、弓子さんが一回、泊まったのかな」

「そんな時、彼は、どんな話をしていたの？」

「東京の話が、多かったですよ。それから、女にもてた話とか、ケンカの話とか」

「警察に追われているようには、見えなかったかね？」

「ぜんぜん。でも、ニヤニヤ笑いながらおれは、今、警察に追われてるんだって、いったことがありました。あたしも、弓子さんも、冗談だと思ってたんです」

「自殺するような様子は、あったかね？」

亀井が、きくと、染子は、強く、首を振って、

「ぜんぜん！　ここに一カ月ぐらい、いるつもりだから、毎晩、呼ぶって、いったりしてるんですもの」

「一カ月ねえ」

「昨夜は、どうだったね？」

「昨夜も、呼ばれましたよ。でも、十時すぎには二人ともさがりました」

「その後、外に出たんだな」

「本当に、あのお客さん、自殺したんですか？」

「遺書があったからね。ここで、誰かを待っているような感じはなかったかな？」

「それは、あたしにはわかりませんけど」

染子は、肩をすくめるようにして、いった。

芸者の白粉《おしろい》の匂《にお》いが消えたあと、十津川と、亀井が、窓を開け、下の湯川を見つめた。

夜が更けてくると、川の音が、急に、大きくなったような気がする。

「カメさんは、自殺には、疑問を持っているんだっけね」

十津川が、いう。

「今の芸者の話を聞いて、いよいよ、疑問になってきましたよ」

「すると、事故死か、他殺ということになるんだが」

「そうですねえ。私は、殺されたと思いたいんですが、そうなると、犯人がいないんですよ。それに、遺書のことも、ありますしね」

「明日、会津若松署へ行って、じっくり、遺書を見てみようじゃないか」

3

翌日、十津川と、亀井は、県警が廻してくれた車で、会津若松署へ出かけた。

十津川は、署長にあいさつしてから、遺体を見せてもらった。

水死体ということで、身体《からだ》全体が、むくんだ感じになっていたが、十津川たちの作ったモンタージュに、よく似ていた。

滝田刑事が、十津川に、向かって、

「指紋の照合は、無駄でした。警察庁の前科者カードにないという返事が来ました」

と、教えてくれた。

十津川たちが着いて、一時間ほどして、今村の母親と、水谷夫妻が、前後して、到着した。

母親も、水谷夫妻、特に、奥さんのほうも、遺体が、今村栄に、間違いないと、証言した。

母親は、遺書を見せられると、泣き出した。

息子が、誘拐を告白していたからだろう。

十津川は、彼女が、泣くのをやめるのを待って、最近、息子さんから、電話がありませんでしたかと、きいてみた。

「息子さんは、ここから、どこかへ電話していたんです」

「私へじゃありませんよ。あの子は、ここ一年、全く、連絡してきてないんです」

と、母親は、悲しそうに、いった。

「水谷さんは、どうですか?」

十津川は、質問を、水谷夫妻に向けてみた。

「私たちにも、最近は、連絡はなかったですよ」

と、夫のほうが、いった。

母親は、遺体の解剖に、同意した。

十津川と、亀井は、医者の作った死亡診断書を、見せてもらった。

死因は、溺死《できし》とあった。

顔や、手足に、外傷があったが、これは、川に落ちるときか、急流に流されているときについたものであろうという。

十津川も、湯川の流れを見たが、かなりの急流である。

今村の死体も、かなり下流で発見されたといわれる。あの急流なら、流れる間に、外傷が、できるだろう。

夜、いきなり、突き落とされたら、かなり泳げる者でも、助からないのではないだろうか。

「カメさんは、自殺と思うかね？」

十津川は、遺体が、解剖のために、大学病院に運ばれるのを見送ってから、亀井に、話しかけた。

「どうですかね。あの遺書がホンモノなら、自殺と、考えるより仕方がないでしょう。そうなると、誘拐事件も、主犯の自殺ということで、これで、終結したことになります。奪われた一億円の中《うち》、六千五百万は、戻って来ましたし、あとは、君原が買った山中湖のペンションを合わせれば、ほとんどが返ってくることになります。ただ、私は、どうも、上手く出来すぎているような気がして、仕方がありませんね」

「私もだがね。もし、自殺でないとすると、あの遺書は、ニセモノということになってしまうし、今村は、殺されたことになる。だが、そうなると、いったい誰が、何のために、今村を、殺したかが、わからなくなるんだ。六千五百万円は、持ち去っていないんだから、金のために、殺したわけでもないしね」

「そこが、私にも、わからないんです」

亀井も、首をかしげてしまった。

十津川と、亀井は、いったん、東京に戻ることにした。

翌日、福島県警から、連絡が入った。

まず、死体解剖の結果である。

死因は、やはり、溺死だった。かなりの量の水が、肺に入っていたという。

外傷が多いことも、報告された。だが、これは撲《なぐ》られたものか、急流に流されている間、岩にぶつかって出来たものかの区別はつかないという。

死亡推定時刻は、夜中の二時半から三時半の間だった。

次は、遺書の筆跡だった。

今村が、ホテルで書いた宿泊カードの筆跡と比べて、専門家が鑑定した結果、同一人によるものと断定された。

遺書は、ホンモノだったのだ。

新聞は、すでに、自殺と書いていた。

〈ワールド時計社長の一人娘を誘拐した主犯、福島の温泉で、自殺！〉

と、書いている。

全国に指名手配されたため、逃げきれぬと観念し、遺書を書いて自殺したが、身代金として、手に入れた一億円の中、六千五百万円が、まだ、使いきれずに、残っていた。やはり、誘拐は、引き合わないことの証明だろうとも、書いていた。

警視庁でも、自殺説が、有力になりつつあった。

犯人の自殺で、終結するのは、刑事にとって、あまり名誉なことではない。犯人に、手錠をかけて、それで、終結ということにしたい。

今度の誘拐事件では、捜査陣が、後手《ごて》を引き続けた。

人質の楠木かおりは、無事だったが、それは、警察が、助け出したのではなく、犯人側が、勝手に、解放したのである。

しかも、犯人の一味と思われる人間たちは、次々に殺されてしまい、警察は、一人も、逮捕できなかった。

そして、最後に、主犯の今村栄も、逮捕できなかった。

しかし、長すぎた。

理はなかった。
だから、名誉な終結ではないが、これで、事件の終わりにしたいと考えるのも、無
他にも、凶悪事件は、頻発《ひんぱつ》していたからでもある。
だが、十津川にしても、亀井にしても、これで、事件の終結では、何か割り切れなかった。

「こんな形で、事件が終わるとは、考えていませんでした」

と、十津川は、上司の本多捜査一課長に、いった。

「もう少し、調べたいということかね？」

「そうです」

「しかし、今村が、自殺ではないという証拠はないんだろう？　それに、今村が殺されたのだとすると、犯人は、いったい、誰なんだね？」

と、本多は、きいた。

4

「それが、わからないので、困っているのです」

十津川は、正直に、いった。

「それじゃあ、今村栄を他殺と見るには、弱すぎるね。上の方だって、承知しないぞ。これ以上、捜査を延ばすのはね」

本多は、難しい顔で、いった。

「わかっています。あと一日、待って頂けませんか。どうしても、このまま、今村の自殺で、幕というのは、納得できないのです」

「一日あれば、納得できる結果が、出るのかね？」

「それは、わかりませんが、何とか、自分なりの結論は、出したいと、思います」

十津川は、慎重に、いった。

本多は、しばらく考えてから、

「いいだろう。あと一日だけ、調べてみたまえ。しかし、二十四時間たっても、別の結論が出なければ、犯人が自殺して、事件は終わったと、発表するよ」

「わかりました」

と、十津川は、肯いた。

彼は、すぐ、亀井や、三沢たちを、集めた。北原早苗もである。

「刑事部長をはじめとして、捜査一課長も、主犯の今村栄が、東山温泉で自殺し、身代金一億円の中、六千五百万円が戻ってきたことで、事件は終わったと、いっている。私は、どうにも納得できないので、あと一日、待ってもらうことにした。今村は、それほど、追いつめられていたとは思えないのに、自殺するのは、おかしいと思ってね。しかし、今村も、殺されたとなると、いったい、誰が殺したのかということになってしまう。だから、君たちも、考えてほしいんだ」

「犯人が、他にいるとすると、その犯人は、なぜ、六千五百万円という大金を、持ち去らずに置いていったのか、不思議です」

亀井が、首をひねった。

「まあ、普通に考えれば、今村の死を、より自殺らしく、見せかけるためだろう。遺書もだよ」

「すると、犯人は、ほとんど一円も、手に入れなかったことになりませんか。一億円の身代金は手に入れたわけですが、君原が、ペンションを買うための頭金として、三千万円を使っています。そして、今度は、六千五百万円です。今村が、東北の温泉で、遊んでいた金を入れると、全部で、ほぼ、一億円になってしまうと思います。とすると、今村を殺した犯人は、一円も手に入れなかったことになってしまいますよ」

「計算すると、そうなるね」

「どうも、そんな犯人の気持ちが、理解できませんが」

「つまり、何のために、今村を殺したのか、わからないというわけだろう?」

「そうです。仲間割れで、殺したとみるのが、一番、妥当だと思うんですが、それなら、きっと、身代金の分配が、原因だと思うのです。それなら、当然、六千五百万円は、持って、逃げるはずですよ」

「君たちは、どう思うね？」

と、十津川は、三沢と、早苗を見た。

早苗は、何か、いいかけたが、先輩の三沢に、先をゆずった。

三沢は、眉を寄せて、考えていたが、

「これが、自殺に見せかけた殺人とすると、犯人は、今村の身近《みぢか》な人間ということになると、思いますね」

「理由は、何だね？」

「警察は、今村栄を見つけました。犯人が、彼の身近な人間とすると、警察の手が、すぐ、自分にも伸びてくると、怯《おび》えていたに違いありません。必死になって、今村のところで、警察の追及を食い止めようと、思ったに違いありません。今村を、ただ殺したのでは、かえって、警察は、今村の身近にいる犯人に、眼を向けてくるにきまっている。そこで、今村を、自殺させ、遺書を残し、それで、事件が終わったと思わせることにしたのです。しかし、肝心の身代金が、消えていたのでは、警察は、当然、自殺に疑いを、持つにきまっています。犯人は、今村の身近な人間だけに、それは危険だと思った。そこで、泣く泣く、手元にあった身代金六千五百万円を、残しておいたのです。遺書があり、身代金が、置いてあれば、警察も、自殺と、断定しますからね」

三沢は、自信満々に、いった。

「北原君の意見も聞きたいね」

と、十津川が、いった。

「私も、だいたい、同じ考えです」

「今村の身近の人間というと、どうしても、水谷夫婦ということになるが、君たちも、あの二人を、考えているのかね？」

「そうです」

と、三沢が、いった。

5

水谷夫婦が、今村を、自殺に見せかけて殺したとすると、今度の誘拐事件を計画したのが、彼等ということになってくる。

彼等は、喫茶店をやっていた。

小さな店である。店を、もっと、大きくしたかったのだろうか？

そのためには、資金が必要だ。だから、手っ取り早く、大金を手に入れる手段として、誘拐を考えたのだろう。

そして、まず、今村栄を仲間に入れ、続いて、原田夫婦を口説《くど》いた。

君原も、金を必要としていたので、仲間になった。

目標は、君原の恋人である、ワールド時計の社長の娘、楠木かおりにした。

水谷夫婦は、あくまでも、背後にいて、今村と、原田夫婦が主役を務めた。

誘拐は、成功し、一億円を、手に入れた。

原田夫婦は、殺されたので、水谷夫婦と、今村、それに、君原の四人で、分けることになった。

普通に考えれば、二千五百万円ずつということになり、水谷夫婦は、五千万円を、手に入れたことになる。

それとも、今村と、君原が、三千万ずつで、水谷夫婦は、四千万だったのか。

いずれにしろ、君原は、その金を頭金にして、欲しかったペンションを、手に入れた。

今村は、金を手にして、東北の温泉旅館に、身を隠した。

水谷夫婦は、君原を、殺した。

多分、君原の線から、自分たちの犯行が、ばれるのを心配して、彼の口を封じたのだろう。

次に、今村も、殺さなければならなくなった。

警察が、今村を、捜し始めたからである。

水谷夫婦は、監視中の刑事の眼を、上手《うま》く盗み、東山温泉に行き、彼を呼び出して、急流に突き落として、殺した。

君原を殺した時には、警察は、今村が、仲間割れで、やったのだろうと、考えてくれた。

しかし、今村を殺したら、警察は、自分たちに疑いの眼を向けてくるかもしれない。そこで、今村は、追いつめられて、自殺したことにする必要があった。

「遺書は、今村の筆跡だった。どうやって、書かせたんだと思うね？」

十津川は、亀井に、きいた。

「字もふるえていませんでしたから、脅して、無理に書かせたものとは、思えませんとすると、合意の上で、書いたことになります。多分、ありふれた手を使ったと思います。水谷夫婦は、今村に向かって、警察が、お前を追いかけている。だから、自殺したと思わせて、しばらく、姿を隠しなさい。そのためには、旅館に、遺書を残したほうが、ホンモノらしく見えるんです。だから、今村は、自分で、遺書を書いたんだと思いますね。自分が、殺されるとも、知らずにです」

「金が見つからないと、自殺に、疑問が持たれるので、水谷夫婦は、自分の取り分まで、一緒に、旅館に置いておいたが、そうなると、何のために、誘拐事件を起こしたか、わからんだろうね」

十津川は、ちょっと、皮肉な眼になった。

日下と、西本の二人が、水谷夫婦の監視に当たるために、出かけて行った。

「われわれも、見に行こうじゃないか」

と、しばらくして、十津川は、亀井を、誘った。

「どうも、妙な事件だという気がして、仕方がありません」

と、途中で、亀井が、何度も、十津川に、いった。

「その感じは、よくわかるよ」

「水谷夫婦が、東北地方を旅行して、帰って来た。そのあと、今村が、会津若松の東山温泉で、死んだ。ここには、何かの関係があるような気もするんですが」

「多分、こういうことだろうと思うね。水谷夫婦は、誘拐事件の陰の立案者だった。そして、誘拐は成功した。仲間に、君原が入っているから、楠木かおりが、警察に喋《しゃべ》る心配はない。怖いのは、むしろ、仲間の君原や、今村が、手に入れた大金に有頂天《うちょうてん》になって、口をすべらせることだった。まず、君原だ。分配金が、手に入ると、さっそく、その金で、ペンションを買った。君原にしてみたら、楠木かおりとの結婚の準備をしたかったんだろうね。しかし、売れないカメラマンが、突然、ペンションを買ったりすれば、いやでも、注意を引く。誘拐事件の直後ともなれば、なおさらだ。水谷夫婦は、しばらく、辛抱しろと、注意したんじゃないかね。しかし、君原は、いうことを聞かなかった」

「それで、水谷夫婦は、心配になってきて、君原の口を、封じたというわけですか？」

「君原は、ペンションに入ると、すぐ、病院の楠木かおりに、電話もしているからね。水谷夫婦にしてみれば、危なっかしくて、仕方がなかったんだろう」

「そのあとは、今村というわけですね」

「水谷夫婦は、東北旅行に出かけた。警察の監視から逃げ出すという意味もあったろうが、今村のことが、心配になって、会いに行ったんだと思うね」

「水谷夫婦は、今村は、海外へでも、高飛びしてくれたほうがいいと、思っていたのかもしれませんね」

「私も、そう思うよ。ところが、今村は、東北の温泉で、連日、芸者を呼んで、どんちゃん騒ぎをしていた。そんなことをしていれば、警察が、マークするにきまっている。しかも、今村は、水谷夫婦と関係のある人間だから、今村が、マークされれば、自然に、水谷夫婦も、警察に、マークされてしまう。だから、旅行の途中で、会った時、多分、水谷夫婦は、今村に、今のうちに、海外へ逃げるように、いったんじゃないかな。そして、夫婦は、東山温泉で今村と別れ、東京に戻ったが、指名手配されてからも今村は、動く気配がない」

「それで、仕方なく、今村を、自殺に見せかけて、殺したわけですか？」

「水谷夫婦は、自分たちを、そうやって、守ったということになるんだがね」

十津川の口調は、もう一つ、歯切れが悪かった。

自分の推理に、説得力のないのを、感じていたからである。

十津川の気持ちの中で、引っかかっているのは、やはり、金だった。

誘拐は、罪が重い。それを覚悟で、実行して、やっと、大金を、手に入れた。今村を、自殺に見せかけて殺すためとはいえ、その大金を、惜《お》しげもなく、捨ててしまったということが、どうも、引っかかるのである。

水谷夫婦のとった態度は、正解だった。今村の遺書の傍に、六千五百万円という大金が、惜しげもなく、放置してあったから、最初は、警察も、自殺と、考えたのだ。

今でも、自殺説が強い。

もし、あの金が、なかったら、自殺説は生まれなかったろう。自殺に見せかけた殺しと、簡単に、見破ってしまったに、違いないのである。

だから、水谷夫婦のとった態度は、正解だった。

（しかし、正解であることが気に入らない）

と、十津川は、思う。

水谷夫婦の行動は、あまりにも、冷静すぎるし、抑制力が、あり過ぎるのだ。それほど、冷静に行動できる人間なら、最初から、誘拐事件など、起こさないのではあるまいか。

「どうも、自信がなくなってきたよ」

と、十津川は、いった。

「警部らしくもなく、弱気ですね」

「どうも、感情的に納得できなくてね」

「水谷夫婦は、犯人じゃないと、思われるんですか？」

「いや、そうじゃない。彼らが、今村を殺したとすると、もう一つ、裏があるような気がするんだよ。たとえ、自殺に見せかけるためとはいっても、折角《せっかく》手に入れた身代金を、全部、捨ててしまうのは、どうにも、不自然だからね」

「一億円の他に、楠木が、われわれに内緒で、大金を支払っていたとは、考えられませんか？」

と、亀井が、いった。

「秘密の取引きが、別にあったということかね」

「そうです。人質の楠木かおりが、無事に釈放されたことに、私は、今でも、引っかかるんです。めでたいことには、違いありませんが、成人の人質ですからね」

「つまり、一億円の身代金の他に、楠木が、大金を払ったから、無事に、人質が、戻ったということだね？」

「そう考えれば、今度の水谷夫婦の行動も、納得できるんではありませんか？」

「そうだね。水谷夫婦は、他に、一億円なり、二億円の身代金を手に入れていたとすれば、六千五百万円を、捨てたとしても、採算は合うわけだ」

「それに、仲間割れの証明も、つきやすいんじゃありませんか？」

「今村や、君原は、てっきり、身代金は、一億円だと思っていた。ところが、主謀者の夫婦は、ひそかに、楠木と連絡して、人質の安全と引きかえに、余分に、一億円なり、二億円を手にしていた。それを、今村や、君原が、感付いて、仲間割れになった。なるほどね。そのほうが、説得力があるね」

「今村の場合、遺書を書いて、姿を消してくれれば、あと、五千万円でも、六千万円でもやると、水谷夫婦はいったんじゃないでしょうか。それで、今村は、喜んで、遺書を書いたというのは、どうですか？」

「なかなか、面白いし、説得力があるよ」

と、十津川は、いった。

少しは、疑問が、解消されたような気がした。

二人は、水谷夫婦の店に、着いた。

先に着いていた日下と、西本が、寄って来た。

「別に、これといった動きは、ありません。二人とも、落ち着いて、商売をやっていますよ」

と、日下が、店の方に眼をやって、いった。

客が、二人ほど入っていて、カウンターの奥で、水谷夫婦が、働いているのが見える。

「われわれも、コーヒーを、飲みに行ってみませんか？」

と、亀井が、十津川に、いった。

「君たちは、少しおくれて、入ってくれ」

十津川は、日下と、西本にいい、亀井と二人で、店のドアを開けて、中に入った。

水谷が、ちらりと、十津川たちを見た。

第十三章　陰の人物

1

「いらっしゃい」

と、水谷が、いった。

落ち着いた声に聞こえた。

「コーヒーをくれませんか」

十津川が、いった。

「私もだ」

と、亀井が、いう。

水谷は、コーヒーをいれながら、

「何か、ご用が、ありそうですね。亡くなった今村のことでしたら、僕ら夫婦にも、何のことかよくわからんのです」

「遺書は、どう思われました？」

　十津川は、煙草に火をつけて、水谷を見た。

「正直にいって、ただ驚いているだけです。まさか、彼が、誘拐みたいな恐ろしいことをするとは、思ってもいませんでしたから」

「しかし、われわれが、前に、犯人のモンタージュを持って来たとき、こういう男は知らないといったんじゃなかったですか？　あのモンタージュは、今村によく似ていたはずですがね？」

　亀井が、じろりと、水谷を睨《にら》んだ。

「そりゃあ、似ていましたが、まさかという気持ちがあったんです。何といっても、彼は、僕ら夫婦とつながりのある人間ですからね。警察の方には叱《しか》られるかもしれないが、そういう人間を、警察に、突き出したりは、できませんよ」

　水谷も、強い眼で、亀井を見返した。

「本当に、今村のやったことを、知らなかったというんですか？」

　十津川がきいた。

　水谷は、コーヒーを、十津川と亀井の前に運びながら、

「知りませんでしたね」

「しかし、あなた方夫婦は、東北に旅行しましたね？」

「ええ」

「偶然なのか、その東北の東山温泉に、今村は、潜伏していた。向こうで、今村に、会わなかったんですか？」

「いや、会いませんでしたよ」

と、水谷が、いった。が、妻の雅子が、何か、いいかけた。

亀井が、目ざとく、それに気付いて、

「会ったんですね？　奥さん」

と、声をかけた。

水谷は、叱りつけるような眼で、妻の雅子を睨んだ。が、仕方がないというように、

「実は、東北旅行の金は、彼が、出してくれたんですよ」

「やっぱり、そうですか。そんなことだろうと思っていましたよ」

「彼は、いつも、僕等夫婦に迷惑をかけていましてね。それが、突然、列車の切符と、小遣いをくれましてね。東北を旅行して来いといわれたんですよ。家内も喜びましてね。いつも、面倒をかけていた彼が、恩返しをしてくれたと思いましてね」

「その時、おかしいと思わなかったんですか？」

「何をです？　僕等は、彼も、やっと、仕事について、こんな嬉《うれ》しいことをしてくれ

るようになったかと、喜んでいたんですからね」

「東山温泉へは、行きましたか？」

「最後の日にね。彼と、楽しい一日を過ごしました。それが、自殺するなんて、思いもよらなかったですよ」

「その時、今村栄は、あなた方に、何かいっていませんでしたか？」

十津川が、きいた。

「何かって、何です？」

「われわれは、彼が、自殺したとは、思っていないのですよ。自殺に見せかけて、殺されたんだと、思っています。彼は、仲間と、楠木かおりの誘拐を実行したことは、間違いないんだが、それには、どうも、黒幕がいたと思われるのです。その黒幕が、彼を、自殺に見せかけて、殺したに違いない」

「その黒幕って、いったい、誰なんですか？」

「われわれにも、まだわかりません。今村栄は、あなた方夫婦に、何か、それらしいことを話しませんでしたか？　どういう人間に狙《ねら》われているとか、自分が、危険なところにいるとかですが」

「ありませんね。東山温泉では、彼は、すごく元気でしたよ。楽しそうに、していましたね」

十津川たちは、捜査本部に引きあげた。

2

本当だろうか？

今村は、自分が殺されるとは、考えてもいなかったのだろうか？

（そうかもしれない）

と、十津川は、思った。

もし、今村が、自分が危険だと思っていたら、東山温泉で、のんびり、芸者遊びなどしていなかったろう。

金はあるのだ。

さっさと、海外へでも、逃げていたろう。

だが、今村は、そうしなかった。まるで、殺されるのを待っているみたいに、温泉で、芸者遊びをしていたのである。

殺されるのを覚悟して、開き直っていたとは、思えない。芸者たちに聞いたところでも、本当に、楽しんで遊んでいたようである。

とすると、今村は、全く、安心して、呑気《のんき》に、東山温泉で、遊んでいたとしか思えない。

(この呑気さは、いったい、何なのだろうか?)

十津川は、不思議な気がした。

誘拐は、重罪である。しかも、今村は、「京都号」の車内で、殺人もやっている。逮捕されれば、死刑は、まぬがれまい。それなのに、高飛びもせず、温泉にいた理由もわからないのだ。

(罪の意識のない男だったのだろうか?)

時に、そんな人間がいることがある。十津川も、そういう犯人に、会ったことがある。

だが、今村は、そうした人間とは、違うような気がする。

頭がよく、自分の立場を、はっきりと、わかっていたと思われる。

原田夫婦を利用して「京都号」に、乗り込み、楠木かおりを、誘拐した手際《てぎわ》など、なかなかのものだと、十津川は、思う。

ただ、そうした鮮《あざ》やかな手並みと、あまりにも違うところがあって、それが、十津川を当惑させるのだ。

今村は、自殺に見せかけて殺された。これは、はっきりしている。

遺書は、明らかに、欺《だま》されて、書いたものである。

自殺したことにして、身を隠せとでもいわれたのだろう。今村のような頭の切れる男が、そんな言葉に、ころりと欺されて、遺書を書いた。その甘さが、十津川には、不思議なのだ。

よほど、その相手を、信じていたのだろうと、想像される。だから、水谷夫婦が、犯人ではないかと、考えたのだが、どうも、話を聞くと、この夫婦は、犯人とは、考えにくくなった。

むしろ、この夫婦のいうことだったら、遺書など、書かなかったのではないだろうか。

きっと、相手は、もっと、大物なのだ。

その上、今村は、その大物が、絶対に自分を、殺したりはしないと、確信していたのではないか。その確信がなければ、その人間の前で、唯々《いい》諾々《だくだく》と、遺書を書いたりはしないだろう。遺書を書かせておいて、殺してしまうというのは、よくある手だからだ。

今村は、馬鹿ではないから、その危険だって、当然、考えたはずである。

しかも、今村は、その時、六千五百万円の現金を持っていた。その大金を、盗られるのではないかと、心配はしなかったのだろうか？

心配したとすれば、今村は、遺書など、書かなかったろう。

それに、自殺に見せかけて、今村を殺した犯人は、その大金を、持ち去らずに、置いて行った。

これは、犯人として、いかにも、不可解な行動である。確かに、六千五百万をそのままにして、今村を自殺に見せかけて殺せば、たいていの人間が、自殺と思うだろう。殺した犯人が、六千五百万円の大金を、そのままにして、逃げたとは、誰も、思わないからだ。

しかし、手を伸ばせば、届くところに、六千五百万円の大金があるのに、それに手をつけないというのは、人間として、不自然だと、十津川は、思う。

ただ一つ、不自然でない場合がある。

「何だと思うね？　カメさん」

と、十津川は、亀井を見た。

「犯人にとって、六千五百万円が、端金にしか見えないほど、犯人が、大金持ちの場合ですか？」

3

「そうだよ、そのとおりなんだ」

十津川は、満足気に、肯いた。

「しかし、警部。そんな大金持ちが、金欲しさに、誘拐事件を計画するでしょうか？」

亀井が、首をかしげた。

「もちろん、計画なんかするものか。誘拐事件なんかやらなくても、金に、金を生ませることができるからね」

「それでは、犯人じゃなくなってしまうじゃありませんか？」

「そうだよ。犯人じゃない」

「犯人じゃない人間が、なぜ、今村を自殺に見せかけて、殺す必要があるんですか？」

「口封じだよ」

「警部のいわれることが、よくわかりませんが」

亀井は、当惑した顔になっていた。

「カメさん。今度の事件の関係者の中で、六千五百万円を、平気で捨てられる人間は、いったい誰だと思うね？」

「そんな奴がいましたか？」

と、亀井は、きき返してから、急に、「あっ」と、声をあげて、

「いましたね。たった一人」

「そうさ。一人いるんだ」

「しかし、楠木は、被害者の父親ですよ」

「だから、盲点だったのさ」

「もし、楠木が、今度の誘拐にからんでいたとすると、まるで、出来合いのやらせみたいなものじゃありませんか」

亀井は、腹立たしげに、いった。

十津川は、笑って、

「そのとおりだよ、カメさん。だから、三沢刑事の芝居説は、ある意味で、正しかったんだよ」

「やっぱり、今度の事件は、芝居だったわけでしょう。あんなに上手くやれたり、人質が解放されたりしているのは、この誘拐事件が、納得ずくの芝居だった証拠ですよ。楠木かおりと、恋人の君原とが、計画した芝居ですよ。僕は、最初から、芝居だと、推理していたんです。それに対して、反論もありましたが」

三沢は、じろりと、近くにいる北原早苗を見た。

早苗は、黙っている。

十津川は、三沢に向かって、

「君の芝居説は、正しかったんだ。ただ、主役が違っていたんだよ。君は、主役を、楠木かおりと、君原だと思っていた。だが、この二人は、関係なかったのさ。誘拐事件を計画し、実行させたのは、楠木だったんだ」

「なぜ、社長の楠木が、そんな馬鹿げたことを、計画したんですか？」

「何といったらいいかね。父親の溺愛《できあい》かね」

「一人娘のかおりに対する溺愛ということですか？」

三沢が、きく。

早苗が、呟《つぶや》くように、

「彼は、娘が、君原と結婚するのに、反対だったんだわ」

「そうだよ。楠木は、君原を嫌っていたんだ。一人娘のかおりは、もっと、しっかりした、地位や、将来のある男と、結婚させたかったんだ。君原は、定職もない、楠木から見れば、ろくでなしだった。だが、娘のかおりは、君原を愛していて、父親のいうことを聞こうとしなかった。下手をすれば、駈《か》け落ちでもしかねない。説得も、うまくいかない。そこで、楠木は、一計を案じたんだ。誘拐事件を起こし、その中で、君原を犯人に仕立てあげれば、娘も、呆《あき》れて、彼を見限るだろうと考えたんだ」

「すると、君原は、一枚嚙《か》んでいたわけじゃないんですか？」

三沢は、まだ、自説を固持して、十津川に、きいた。

「楠木が、噛んでいるように見せかけたのさ」

「どうやってですか？」

「楠木は、まず、自分の計画どおりに、動いてくれる人間を探した。金のためなら、どんなことでもする人間だよ」

「それが、今村だったわけですか？」

「そうだよ」

「しかし、楠木と、今村とのつながりなんかないと思いますが？」

「そりゃあ、ないだろう。いやしくも、ワールド時計の社長だ。犯人役の人間を、自分で探し廻ったりはしないよ。楠木の信用している秘書あたりが、探したんだ。そして、今村栄という人間を、見つけ出したのさ。今村は、計画を聞いて、すぐ、乗り気になった。こんな楽な仕事はないからだ。何しろ、納得ずくの誘拐だし、いざとなったら、楠木に頼まれたことを、ばらしてしまえば、大した罪にならないと、思ったんだろう。それに、一億円の金も入ってくる。ワールド時計では、カップルを、八十組招待して、臨時特急『京都号』で、京都へ旅行させることになっていた。その責任者に、楠木かおりがなっていたとなれば、この機会に、計画を実行するのが、一番いいと、考えたんだろう」

「旅行の前に来たという脅迫状も、そうなると、楠木が、自分で作ったという可能性が出て来ますね」

　亀井が、いった。

「もちろん、それも、楠木が、やったことだろう。ストレートに、娘を誘拐してしまうと、疑いが、自分にかかってくるかもしれない。そこで、用心深く、前提として、脅迫状を作ったんだ。そうしておけば、犯人は、全く別にいると、みんなが考えると、思ったんだろう」

「楠木が計画したとすれば、犯人の原田夫婦が、すんなりと、招待客の中に入ったことも、わかりますね」

「そうだよ。今村は、独身なので、招待客には、なれない。そこで、原田夫婦を、仲間に引き入れたんだ」

「問題の列車に、われわれまで乗せたのは、どういう神経だったんですかね？」

　三沢が、憮然《ぶぜん》とした顔で、いった。

「それは、あくまでも、本物の誘拐事件に、見せかけるためだろう。それと、警察を甘く見ていたのかもしれない。犯人が、自分だとは、わかるまいと、自信満々だったんだろう」

「畜生！」

　と、三沢は、舌打ちして、

「警察を甘く見るなんて、なんて奴だ」

「今、腹を立てても、仕方がないよ。確かに、われわれは、楠木に、いいように、引きずり廻されたからね」

「原田夫婦が、殺されたのは、仲間割れですか？」

と、亀井が、きいた。

「この夫婦は、多分、好人物だったんだと思う。金欲しさと、安全だと、今村にいわれて、参加したが、まず、幸子のほうが、怖くなって、やめようとした。それで、殺されてしまったんだ。原田一夫は、幸子が殺《ゃ》られたことか、分け前のことで、殺されてしまったんじゃないかな」

と、十津川は、いった。

4

「そうですね。これは、誘拐される人間も、全て承知している、いわば、ゲームと思って、参加したんでしょうね」

と、亀井は、いった。

「多分、そういって、今村と、原田夫婦を、誘い込んだんだと思うね。だが、ゲームじゃなかった。誘拐される楠木かおりは、知らなかったし、もちろん、列車に同乗した、三沢刑事と、北原刑事は、知らなかった。それに、下手をして、失敗したとき、楠木が、これは、自分が頼んだ仕事だと、証言してくれはしない。そんなことをすれば、ワールド時計の信用は失墜《しっつい》してしまうし、娘のかおりの怒りを買ってしまうからだ。従って、今村にとっても、これはゲームじゃなかったんだよ。ホンモノの誘拐と同じように、厳しいものだった。だから、車内で、原田幸子を、殺すようなことまでしたんだろう」

「今まで、彼女は、怖くなって、逃げ出そうとしたので、殺されたんじゃないかと、思っていたんですが、ひょっとすると、理由は、違うかもしれませんね。今村が、これは、安全なゲームだといって、誘い込んでいたとすれば、怖がることは、あり得ないわけですから」

「そのとおりだよ。原田幸子が殺されたのは、むしろ、はしゃぎ過ぎたからかもしれないな。女性らしく、お喋《しゃべ》りをしたかったのかもわからない。自分だけ、これから起こることを知っていたんだし、それが、芝居なのだと教えられていたとすると、どうしても、他の乗客に、喋りたくなってくるからね」

「その気持ちは、よくわかります。私が、同じ立場だったら、やはり、喋りたくなりますからね。何も知らない乗客をつかまえて、これから、ちょっとした事件が起きるけど、それは、芝居なんだから、驚くことはないんだとかいってです」

と、亀井は、いって、笑った。

「可哀相に」

早苗が、呟いた。

「原田幸子が、可哀相なのかね？」

と、十津川が、きいた。

「はい。きっと、彼女は、お金が貰《もら》えると思って、この計画に参加したんだと思いますよ。あの二人は、夫婦といっても、正式に結婚はしていなかったんです。その理由は、多分、経済的なものだったと思います。原田一夫には、定職がなかったようですから。それで、今村の儲《もう》け話に、飛びついたんじゃないでしょうか。今村が、いくらやると約束したのかわかりませんが、それで、結婚できると、思っていたとしたら、殺されてしまって、本当に、可哀相だと思います」

早苗がいうと、三沢刑事は、

「甘いねえ」

と、吐き捨てるように、いった。

「三沢君は、どう甘いと思うんだね？」

十津川が、微笑した。

「事件を起こした連中に、可哀相も何もありませんよ。私は、犯人に対して、可哀相だと思ったことはありませんね。それより、今は、今度の事件の黒幕が、楠木なら、一刻も早く、奴を、逮捕しようじゃありませんか」

「問題は、証拠だよ」

と、亀井が、いった。

「しかし、カメさん。楠木が、事件の立案者だとすると、すっきりいくわけでしょう？　それなら、楠木が犯人ということじゃありませんか？」

「すっきりするだけで、逮捕できると思うのかね？」

「じゃあ、どんな証拠が、必要だというんですか？」

「もちろん、今度の事件を計画して、今村たちに、実行させたという証拠だよ」

「しかし、全員が死んでしまっていますから、無理じゃありませんか。第一、今村に、自分がやったという遺書を書かせているんです。表面上は、今村が計画した事件ということになってしまっています。従って、証拠は、難しいんじゃありませんか。それより、別件で逮捕して、脅したらどうでしょうか？　意外に、あっさり、自供するかもしれませんよ」

「別件？　何があるんだ？」

「ありますよ。捜査の妨害です。われわれが、人質だった楠木かおりから、事情を聞こうとしたとき、楠木は、娘を隠して、妨害していますよ」

「それは、使えないね」

と、十津川が、いった。

「なぜですか?」

「確かに、楠木は、娘のかおりを、隠して、われわれに、会わせまいとした。しかし、それは、親としての愛情だということで、切り抜けられてしまうよ。それに、私は、別件逮捕は、嫌いなんだ」

「しかし、それでは、証拠を見つけるのは、難しいですよ」

と、三沢は、いった。

5

十津川は、亀井を、誘って、捜査本部を出た。

夕暮れの近くなった歩道を、並んで歩きながら、今後の行動を話し合った。

「三沢君のいうとおり、楠木が、張本人だという証明は、難しいでしょうね」

と、亀井が、いった。

「だろうね。今村も、原田夫婦も、死んでしまったからね。彼らが、楠木に頼まれたという証拠は、見つからないだろう」

「君原も、殺されてしまっています。警部は、君原のことは、どう思われますか？」

「何がだい？」

「君原は、今度の誘拐に参加していたとは、思われないんですが――」

「私も、参加していなかったと思うよ。参加していたように見せかけて、殺されてしまったがね」

「しかし、彼は、大金を持っていて、それを頭金にして、ペンションを買っています。あの金は、どうしたんでしょう？」

「それは、楠木の立場になって考えれば、推測はつくよ。楠木は、娘のかおりを、君原から引き離そうとした。しかし、娘が、うんといわないので、一芝居打つことにした。君原という男は、金欲しさに、かおりを誘拐して、その父親から、大金を脅し取るような奴だと思わせる芝居をだよ。しかし、そのためには、君原の行動を、怪しくしておかなければならない。それで、楠木は、君原を呼んで、金を渡して、こういったんじゃないかな。一文無《いちもんな》しの君に、娘をやるわけにはいかん。しかし、娘が、可愛いからチャンスをやろう。この金で、何か、事業をやってみろ。それに成功したら、いい娘をやろうとね。君原は、もともと、ペンションをやりたいと思っていたから、いいペンションはないかと、探しに出かけた。だから、行方不明になっていたんだと思うていますが」

「君原は、ペンションを購入する一カ月前に、楠木かおりと一緒に、物件を見に行っ
ね」

「ペンションの購入資金については、楠木が、口止めしたはずだよ。楠木は、自分の娘の誘拐劇を計画し、その中に、君原が入っていることにする気でいたんだからね。楠木が、君原に金をやっていたなんてわかったら、折角の芝居が、めちゃめちゃになってしまう。だから、君原と一緒に物件探しをした女性は、娘のかおりじゃない。たぶん、楠木と親密な関係にあって、信頼できる女性だったのだろう」

「そうしておいて、君原を、殺したわけですか?」

「最初から、殺す気はなかったと思うね。娘に、君原との結婚を、あきらめさせればよかったんだからね。娘が、君原に愛想をつかしてくれればいいんだ。ところが、君原は、かおりの入院した病院を探し出して、山中湖のペンションから電話を掛けた。かおりは、メモに、そのペンションの電話番号を書き留めておいた」

「それを、楠木が、見たんですね?」

「彼は、しばしば、病室に入っていたからね。もし、若い二人が、話し合って、父親の計画に気付いたら、それこそ、大変なことになる。そう考えた楠木は、山中湖のペンションを訪ね、君原を殺したんだ。君原は、楠木が、結婚を許してくれたと思って

いるし、何といっても、愛している彼女の父親だからね。まさか、自分を殺したりはしないだろうと思い、安心して、部屋に入れたと思うね」

「楠木の最大の弱点は、娘のかおりだと思います」

と、亀井は、いった。

「そのとおりだよ。楠木は、娘のかおりを、溺愛している。誘拐劇まで実行するくらいだからね」

「その弱点を、何とか、突けないもんでしょうか？　それができれば、楠木を、追い詰められると思うんですが」

「うーん」

「ちょっと、卑怯《ひきょう》な方法だと思いますが、関係者が、全て、消されてしまっていますから、仕方がないと思うんですが」

「そうだね。だが、どういう形で、攻めていくかが、問題だね」

「もう一度、彼女に、会ってみたいですね。彼女が、父親のことで、何か気が付いていないかどうか、まず、それを、知りたいんです。それが、わかれば、次に打つ手も、考えつくと思うんです」

「よし、彼女に、会いに行ってみよう」

と、十津川は、いった。

二人は、捜査本部に戻ると、パトカーに乗り込み、田園調布の楠木邸に向かった。着いたのは、午後七時少し過ぎである。

半《なか》ば、強引に、十津川たちは、中へ入れてもらった。

楠木は、不機嫌だった。

「もう、何もいうことはないはずだがね」

と、楠木は、十津川に、いった。

「まだ、事件は、終わっていません」

十津川は、まっすぐに、楠木を見つめた。

楠木は、肩をすくめた。

「何をいっているのか、わからんね。犯人の今村は、自分がやったといって、遺書を残して、自殺したはずじゃないか」

「いや、今村は、殺されたんです」

「殺された人間が、なぜ、遺書を書くのかね？　おかしいじゃないか」

「誰かが、今村に、遺書を書かせたということです」

「誰がだね？」

「恐らく、あなたです」

十津川は、ずばりと、いった。

楠木の顔が、真っ赤になった。

「私が、なぜ、そんなことをしなければならんのだ？　私は、被害者だよ、それに、今村などという男は、知らん」

「お嬢さんは、どこにいらっしゃいますか？　おいでになったら、お会いしたいんですが」

「娘は、おらんよ」

「どこに、いらっしゃるんですか？」

「そんなことを、君たちに教える義務は、ないだろうが」

「この家に、いらっしゃるんですか？」

「いや、おらんよ」

「じゃあ、どこです？」

「答える義務はないと、いってるだろう」

「あなたは、かおりさんが、君原と結婚するのに、反対だった。その気持ちが強くなり過ぎて、誘拐事件を、作りあげたんですよ。そうやって、あなたは、君原を悪者に仕立てあげて、かおりさんに、君原を諦《あきら》めさせようとしたんです。その計画は、成功したが、後始末《あとしまつ》が、大変だった。口封じをしなければならないからです。山中湖のペンションで君原を殺し、最後に、東山温泉で今村を殺した。利用するだけしておいてですよ」

「君を、告訴するぞ！　私は山中湖にも、東山温泉にも、一度も行ったことはない！」

と、楠木は、怒鳴った。

「名誉毀損《きそん》ですか？」

「私には、腕のいい弁護士がついているんだ」

「わかりますよ。あなたは、金持ちだから、いくらでも、腕のいい弁護士をやとえると思いますよ」

「それだけじゃない。私は、国家公安委員にも、知人がいる」

「それで、私を、警察から追放しますか？」

「それは、そっちの出方次第《しだい》だ。わけのわからんことをいうなら、こちらだって、対抗措置《そち》をとらざるを得んよ」

「もう一度、おききしますが、お嬢さんは、どこですか？」

「海外だよ」

「海外？」

「そうだ。心の傷をいやすために、海外へ行かせたんだ。親としては、当然の措置だろうが」

楠木は、ニヤッと笑った。

「かおりさんに、何か喋られては困るので、海外へやりましたね？」

「そのいい方をつつしまないと、君は、警視庁に、いられなくなるぞ」

「私も、あなたが、今度の誘拐計画を立て、君原と今村を殺したことを、証明して見せますよ」

十津川も、負けずに、いい返した。

「帰りたまえ！」

と、楠木は、怒鳴った。

十津川と、亀井は、外へ出た。

門を出て、パトカーのところに戻ると、亀井が、

「とうとう、宣戦布告になりましたね」

「私も、あそこまでいう気はなかったんだがね」

と、十津川は、苦笑した。

「しかし、これで、すっきりしましたよ。それに、楠木が、あれだけ腹を立てたところをみると、やはり、彼が、本当の犯人だと思いますね。もし、全く無関係なら、腹を立てるよりも、笑い出したろうと、思いますからね」

「楠木も、自分のアキレス腱《けん》が、娘のかおりだと知っているから、いち早く、海外へ

出してしまったんだろう」

「これから、どうされますか？　関係者は、全部、死んでしまっているし、楠木かおりが、日本にいないのでは、打つ手が、ないんじゃありませんか？」

亀井が、心配そうに、きいた。

「難しいが、打つ手は、あるさ。楠木が、犯人なら、彼は、東山温泉に行ってるし、山中湖の君原のペンションに行っているはずなんだ。だから、全力をあげて、東山温泉と、山中湖の現場附近の聞き込みをやってほしい」

「わかりました。東山温泉と、山中湖に、誰かをやりましょう」

「東山温泉には、三沢と、北原早苗をやったらいいと思うね」

「大丈夫ですか？　この二人は、いつも、喧嘩《けんか》しているようですが」

「いや、あれで、なかなかいいコンビだよ」

と、十津川は、笑って、いった。

翌日の八月十九日、三沢と北原早苗を、東山温泉にやり、日下と西本の二人を、山中湖に、向かわせた。

残りの刑事たちは、今村と、楠木との結びつきを、洗うことにした。

特に、最近の今村の行動を洗っていけば、その中に、楠木の姿が見えてくるのではないか。楠木が、表に立たず、誰かに、人探しを頼んでいたとしても、その人間が、浮かんでくるのではないかという期待があった。

　刑事たちの活動が始まった。

　一方、楠木も、動き出した。有名弁護士が、警視庁にやって来て、三上刑事部長に、抗議をした。

　いや抗議をしただけではない。十津川を告訴すると、脅しが行なわれた。

　十津川たちは、急がなければならなかった。

6

　三沢と北原早苗が、東山温泉に来た。二人とも、楠木の写真を、何枚も持っていた。いろいろな角度から、撮ったものである。中には、隠し撮りしたものもある。

　二人は、東山温泉に着くとすぐ、手分けして、ここで働く全ての人に、楠木の写真を見せて歩いた。

　楠木は、ここへ来て、今村に遺書を書かせ、川に突き落として殺したに違いないのである。とすれば、誰かが、楠木を見ているはずだ。

　二人が、東京を出発する時、十津川が、そういって、励《はげ》ました。

　ホテルの従業員、芸者、駐在の巡査、タクシーの運転手、土産物店の店員、あるゆる人たちに、写真を見せた。

しかし、反応は、鈍かった。

ホテルや旅館の従業員は、写真を、一生懸命に見てくれたが、みんな、首をかしげてしまった。芸者たちは、簡単に、会ったことがないと、いった。

タクシーの運転手も、首をかしげている。

二人は、その日一日、何の収穫もないままに、ホテルに、泊まることになった。今村が泊まっていた東山Dホテルである。

夕食の時に、三沢は、疲れた顔で、

「楠木が、ここへ来たという警部の推理は、間違っているんじゃないかな」

「なぜですか？」

早苗が、きいた。

この女は、いつも、大きな眼で、まっすぐに、人を見つめるなと、三沢は、思いながら、

「この温泉で働いている人間には、くまなく、楠木の写真を見せたじゃないか。それでも、これはという反応は、なかったんだ。それにだよ」

と、声を大きくして、

「楠木は、金持ちだ。今村を殺すのに、自分でやるかね。金の威力で、他人にやらせ

るだろう。だから、いくらここで、楠木の写真を見せても無駄なんだよ」

「でも、それでは、際限《きり》がありませんわ」

「どういう意味だい？」

「楠木は、ワールド時計の社長で、暗黒街のボスじゃありません」

「そんなこと、わかってる」

三沢は、小癪《こしゃく》なという顔で、早苗を見た。

「楠木は、娘のために、恐ろしいことをやってしまったわけですけど、最初は、殺人なんかは、考えていなかったと思います。もし、考えていたとすれば、面倒な誘拐劇など計画しないで、君原一人を殺してしまえば、すむことで、その方法を、とったと思います」

「それは、そうだが」

「だから、楠木は、最初、甘く考えていたんだと思います。誘拐劇が上手くいって、君原が、悪者になって、娘のかおりは、君原に愛想をつかしてくれる、とです。ところが、計画の途中で、殺人が起きてしまい、君原は、娘を諦めない。そこで、楠木は、誘拐劇に参加した者と、君原を、全員、殺して、その口を封じなければならなくなってしまったんです」

「だから、どうだというんだ？」

「楠木は、他人《ひと》に頼むと、結局、その口を封じなければならないことを、知ったと思います。だから、楠木は、他人にやらせず、自分で、君原を殺し、今村も、殺したと、思います」

「それなら、なぜ、この東山温泉で、目撃者が出て来ないんだ？」

「多分、楠木は、変装して、ここへ来たんだと思います」

「変装？　大会社の社長が、そんな子供じみたことをするかね？」

「彼は、必死だったんだから、どんな馬鹿げたことでも、やったと思います」

7

旗色は、悪くなりそうだった。

東山温泉へ行った三沢と、早苗の二人は、目撃者を見つけられずにいるし、山中湖へ向かわせた日下と西本の両刑事も、同じだった。

十津川は、楠木かおりが、どこにいるかを調べた。

父親の楠木は、娘は、海外へ出したといったが、そこが何処《どこ》かは、いわなかった。

十津川は、出入国管理事務所などに、協力を求めて、その場所を、知ろうと、努力した。何といっても、楠木かおりが、切り札であることに、変わりはなかったからである。

三日前に、成田《なりた》発のパンナム機で、楠木かおりという女性が、ハワイに向かった。多分、これが彼女だろう。

まだ、ハワイにいるかどうか、十津川には、判断できない。ハワイのホテルに、泊まっているのか、それとも、更に、飛行機を乗りついで、アメリカ本土へ行ったのか、わからないのだ。

アメリカにある日本大使館に協力を求めても、彼女の足跡を追うのに、何日も、かかってしまうだろう。

その日のS新聞の夕刊を見て、十津川たちは、驚いた。

警視庁捜査一課が、誘拐事件の被害者を犯人扱いして、逮捕しようとしている。このでたらめを許せるかと、書いていたからだった。本多捜査一課長、三上刑事部長の責任ある回答を求めるとも、書いている。

「楠木は、マスコミにも、コネがあったんですね」

亀井は、呆《あき》れた顔で、いった。

「ワールド時計は、莫大《ばくだい》な広告費を使っているからね。特に、S新聞には、ワールド時計の広告が、よくのっていたよ」

「このままいくと、その中《うち》に、われわれは、悪徳警官の代表にされてしまうぞ」

「予言してもいいですが、すぐ、上のほうから、楠木親娘についての捜査を中止しろと、指示が来ますよ」

「どのくらい余裕があると思うね？」

「まあ、上のほうも、すぐには、われわれに、中止しろとはいえないでしょうし、楠木の顧問弁護士が、われわれを告訴するにしても、すぐにはできません。あと二日は、何か、仕事ができるんじゃありませんか」

「まあ、そんなところかな」

と、十津川も、肯いた。

問題は、あと二日間で、楠木の犯行を、証明できるかということだった。

三沢と、早苗も、日下と西本も、これといった手応《てごた》えもないままに、それぞれ、東山温泉と、山中湖に、一泊することになったと、いってきた。

「北原君は、楠木が、変装して、東山温泉に来たんじゃないかと、いっていたね」

と、十津川は、亀井に、いった。

「なるほど、楠木は、特徴のある顔立ちですから、素面《すめん》で行けば、すぐ、覚えられてしまうでしょう。とすると、変装して、出かけたというのは、充分に、考えられますね」

「彼には、そういう心得みたいなものが、あるのかな？」

「調べてきましょう」

亀井は、すぐ、捜査本部を飛び出して行ったが、戻って来ると、

「楠木の大学時代の友人何人かに会ってきました。楠木は、大学二年の時に、演劇部に入っています。これは、大学卒業まで、続いていました。演劇部では、主に、シナリオを書いていたようですが、俳優が足りない時は、彼も、出演していたといいます。当時の楠木は、また、映画も好きで、チャップリンを、尊敬していたそうです」

と、報告した。

「すると、下地《したじ》は、あったわけだね」

「そうですね。誘拐劇では、楠木が、自分でシナリオを書いたんだと思います」

「配役を決めておいてから、人間を集めたのかもしれないな」

「彼の考えた配役が、適切じゃなかったんでしょう。だから、誘拐劇の途中で、殺人事件が、起きてしまったんだと思いますね。最後には、全員を、口ふさぎのために、殺さざるを得なくなってしまったということでしょう。演出家としては、落第だったわけですよ」

と、亀井は、いった。

十津川たちは、楠木を、犯人として逮捕して、彼の演出ミスに、烙印《らくいん》を、押してやらなければならない。

翌朝になると、楠木が、ヨーロッパに出張するらしいという噂《うわさ》が、伝わって来た。ヨーロッパの時計メーカーの視察に出かけるというのである。

毎年、出かけているというが、この時期に行くというのは、海外逃亡の感じがあった。

顧問弁護士に、十津川たちを、告訴させておいて、自分は、安全圏に、逃げているというのだろう。

もう一つ、十津川の耳に入って来たことがあった。

楠木は、手記を書いて、S新聞に預けてあるというのである。楠木が、ヨーロッパに行っている間に、その手記が、S新聞に発表されるはずだという。もちろん、その手記の内容は、警察を非難するものだろう。

楠木が、出発する時刻も、追々《おいおい》、わかってきた。

明日、二十一日の一七時二五分成田発、フランクフルト行きのルフトハンザ機である。

「今、正午ですから、あと、二十九時間二十五分ありますね」

と、亀井が、腕時計を見ながら、いった。

十津川は、東山温泉の三沢と早苗、山中湖の日下、西本の二人に、連絡を取り、楠木が、明日、ヨーロッパへ出発することを伝えた。

「それまでに、何としてでも、楠木を逮捕したいんだ」

と、十津川は、いった。

8

東山温泉の三沢と早苗のほうに、十津川は、期待をかけていた。

山中湖のほうは、どうしても、目撃者の数が少ないだろうと、思ったからである。

君原は、ペンションを買ったといっても、まだ、営業していなかったし、湖畔から、かなり離れたところに、ぽつんと一軒だけ建っていたからである。

東山温泉のほうは、ホテルの従業員から、土産物店の店員、それに、タクシーの運転手までいて、その中の誰かが、楠木を、目撃しているに違いないのである。

しかし、夜になっても、いっこうに、これといった報告は、届かなかった。

三沢の電話の声にも、元気がなかった。

山中湖の日下たちのほうも、同様だった。目撃者が、出ないというのである。

それでも、まだ、余裕があった。とにかく、目撃者が、一人でも出てくれれば、問題の日に、東山温泉か、山中湖に、楠木がいたことが証明されればいいのである。楠木は、絶対に、東山温泉にも、山中湖にも、行ったことがないと、いっているからだ。

しかし、楠木が、出発する二十一日の朝になっても、目撃者が見つからないとなると、さすがの十津川も、焦《あせ》ってきた。と、いって、あまりにも、三沢たちに、ハッパをかけると、かえって、まずいだろうと、思ったりした。

「このままだと、楠木は、ヨーロッパへ行ってしまいますね」

亀井が、口惜しそうに、いう。

「明日のS新聞の朝刊に、楠木の手記が、のるそうだよ」

「警察を非難する手記ですか」

「ああ。そして、多分、上のほうは、この事件の捜査の中止を、決定するんじゃないかね。今村が、死んだ時点で、事件は終わったと考えている人間も、多いんだ」

と、十津川は、いった。

昼過ぎになって、やっと、東山温泉にいる三沢刑事から、電話が入った。

「目撃者が、見つかりました」

と、三沢は、弾《はず》んだ声で、いった。

「確かなんだろうね？」

「今、北原刑事が、釣りをしているのを目撃した人に会って、確認しています」

「今、十二時十五分だ。楠木が、成田を出発するのは、午後五時二十五分だ。目撃者を連れて、この時間までに、成田へ来られるかね？」

「東山温泉から郡山までが、車で約一時間。郡山と上野間《うえの》は、新幹線で一時間二十一分。上野から成田まで一時間ですから、間に合います」

「じゃあ、連れて来てくれ。楠木が、フランクフルトに出発するまでにだ」

と、十津川は、いった。

十津川は、亀井に、

「カメさんは、楠木邸へ行って、証拠となる品物を探して来てくれないかね。そして、上野駅で三沢君たちと合流して、成田へ来てくれ」

といった。

午後二時を過ぎると、十津川は、成田へ行くことにした。そのあと、東山温泉へ電話してみると、三沢と、北原早苗は、すでに、ホテルを出ていた。

目撃者を連れて、すでに、東京へ向かっているのか、それとも、まだ、東山温泉の中で、うろうろしているのか、わからなかった。

午後四時半になって、成田空港のロビーに、楠木が、現われた。

同行する秘書も一緒だった。

十津川を見つけると、楠木のほうから、寄って来た。

「私を、見送りに来てくれたのかね？」

「そうです」

「それは、ご苦労さん」

「いや、あなたを、逮捕しに来たといったほうがいいですね。あなたを、このまま、飛行機に乗せるわけにはいかないんだ」

「まだ、そんなことをいってるのかね？」

楠木が、眉をひそめた時、亀井が、三沢たちを連れて、駈け寄って来た。

五十歳ぐらいの男が一緒だった。

「目撃者を、連れて来ました」

と、三沢が、息をはずませながら、十津川に、いった。

男は、じっと、楠木を見ていたが、

「ああ、この人ですよ。服装が、違ってますが」

「私は知らん」

楠木は、横を向いてしまった。

北原早苗が、落ち着いた声で、

「あなたは、八月十五日に東山温泉近くの渓流で、夕方、釣りをしているところを見られているんです。釣り師の支度《したく》をしていたそうですね。その時、自殺したといわれる今村さんと一緒でした」

「私は、釣りなんかしたことはない。嫌いなんだ」

　楠木は、吐き捨てるように、いった。

　亀井が、笑いながら、楠木の前に、持って来た包みを置いた。中から出て来たのは、釣りの服装や、帽子、竿《さお》、サングラスなどだった。

「これは、あなたの家で、見つけたものですよ。お手伝いさんに、立ち会って頂いて、発見したものです。それに、問題の日の日付けの入った入漁料の受取りです。あの地区の川を管理している漁業組合のね。あなたは、大学時代、演劇部にいた。だから、問題の日の自分の演技や、扮装《ふんそう》に酔ってしまった。それで、こんな衣装と小道具は、焼却してしまえばいいのに、大事に取っておいた。それが、あなたの命取りになりましたね」

「――――」

　楠木は、しばらくの間、黙って、自分の眼の前に置かれた釣具などを見ていた。が、急に、がっくりと、肩を落とした。

「みんな娘のために、やったことなんだ」

「君たちが、連れて行け」

　と、十津川は、三沢と早苗にいった。

　二人が、楠木を連行して行ったあと、十津川は、亀井に、

「あの目撃者は、本当に、楠木を見たのかね？　そんなに近くで見たのかね？」

「いや、遠くから、見ただけだそうです。しかし、楠木は、犯人です。ひとりで、勝手に怯《おび》えてしまったんです」

この作品は1985年11月祥伝社より刊行されました。
なお、本作品はフィクションであり実在の個人・団体などとは一切関係がありません。

徳間文庫

臨《りん》時《じ》特急《とっきゅう》「京《きょう》都《と》号《ごう》」殺人《さつじん》事件《じけん》

2017年3月15日 初刷

著者 西《にし》村《むら》京《きょう》太《た》郎《ろう》
発行者 平野健一
発行所 株式会社徳間書店
東京都港区芝大門二―二―二 〒105―8055
電話 編集〇三(五四〇三)四三四九
販売〇四八(四五一)五九六〇
振替 〇〇一四〇―〇―四四三九二
印刷 凸版印刷株式会社
製本 株式会社宮本製本所

ISBN978-4-19-894218-2 (乱丁、落丁本はお取りかえいたします)

西村京太郎ファンクラブのご案内

会員特典(年会費2200円)

◆オリジナル会員証の発行 ◆西村京太郎記念館の入場料半額
◆年2回の会報誌の発行（4月・10月発行、情報満載です）
◆抽選・各種イベントへの参加
◆新刊・記念館展示物変更等のハガキでのお知らせ（不定期）
◆他、楽しい企画を考案予定!!

入会のご案内

■郵便局に備え付けの郵便振替払込金受領証にて、記入方法を参考にして年会費2200円を振込んで下さい■受領証は保管して下さい■会員の登録には振込みから約1ヶ月ほどかかります■特典等の発送は会員登録完了後になります

[記入方法] 1枚目は下記のとおりに口座番号、金額、加入者名を記入し、そして、払込人住所氏名欄に、ご自分の住所・氏名・電話番号を記入して下さい

郵便振替払込金受領証　窓口払込専用

00			
口座番号	00230-8-17343	金額	2200
加入者名	西村京太郎事務局	料金	（消費税込み） 特殊取扱

2枚目は払込取扱票の通信欄に下記のように記入して下さい

通信欄

(1) 氏名（フリガナ）
(2) 郵便番号（7ケタ） ※必ず7桁でご記入下さい
(3) 住所（フリガナ） ※必ず都道府県名からご記入下さい
(4) 生年月日（19XX年XX月XX日）
(5) 年齢　(6) 性別　(7) 電話番号

十津川警部、湯河原に事件です

西村京太郎記念館
■お問い合わせ（記念館事務局）
TEL0465-63-1599
■西村京太郎ホームページ
http ://www4.i-younet.ne.jp/~kyotaro/

※申し込みは、郵便振替払込金受領証のみとします。メール・電話での受付けは一切致しません。

大藪春彦新人賞 創設のお知らせ

作家、大藪春彦氏の業績を記念し、優れた物語世界の精神を継承する新進気鋭の作家及び作品に贈られる文学賞、「大藪春彦賞」は、2018年3月に行われる贈賞式をもちまして、第20回を迎えます。

この度、「大藪春彦賞」を主催する大藪春彦賞選考委員会は、それを記念し、新たに「大藪春彦新人賞」を創設いたします。次世代のエンターテインメント小説界をリードする、強い意気込みに満ちた新人の誕生を、熱望しています。

第1回 大藪春彦新人賞 募集

《選考委員》(敬称略) **今野 敏　馳 星周**　徳間書店文芸編集部編集長

応募規定

【内容】
冒険小説、ハードボイルド、サスペンス、ミステリーを根底とする、エンターテインメント小説。

【賞】
正賞(賞状)、および副賞100万円

【応募資格】
国籍、年齢、在住地を問いません。

【体裁】
①枚数は、400字詰め原稿用紙換算で、50枚以上、80枚以内。
②原稿には、以下の4項目を記載すること。
　1.タイトル　2.筆名・本名(ふりがな)
　3.住所・年齢・生年月日・電話番号・メールアドレス　4.職業・略歴
③原稿は必ず綴じて、全ページに通しノンブル(ページ番号)を入れる。
④手書きの原稿は不可とします。ワープロ、パソコンでのプリントアウトは、A4サイズの用紙を横置きで、1ページに40字×40行の縦書きでプリントアウトする。400字詰めでの換算枚数を付記する。

【締切】
2017年4月25日(当日消印有効)

【応募宛先】
〒105-8055　東京都港区芝大門2-2-1　株式会社徳間書店
文芸編集部「大藪春彦新人賞」係

その他、注意事項がございます。

http://www.tokuma.jp/oyabuharuhikoshinjinshou/

をご確認の上、ご応募ください。

大藪春彦賞選考委員会
株式会社徳間書店